KB144474

설화집

그림꾼의 마감병 ― 석정현 지음

썰화집

BM (주)도서출판 **성안당**

썰화집 — 그림꾼의 마감병

누구나 한 번쯤은 겪는 마감병, 반짝이는 깨달음을 찾아서

만화가, 일러스트레이터, 애니메이터, 디자이너 등 대중작가라는 직함을 달고 살아가는 이라면 누구든 절대로 피해갈 수 없는 난관이 있습니다. '마감'이 그것이죠. 약속된 시간 안에 결과물이 만들어지길 기다리는 것은 의뢰인에게도 초조한 시간이겠지만, 기한에 비해 작업량이 너무 많거나 소위 '그분'(영감)이 오시지 않은 작가에겐 그야말로 죽을 맛이 아닐 수 없습니다. 마감을 지키지 못하면 의뢰인과 독자의 비난은 둘째 치고 작업료를 요구할 면목이 없고, 무엇보다 가장 중요한 신용이 깎이니 속이 타들어갈 수밖에요. '창작의 고통'이라는 말은 '마감' 때문에 생겨났다고 해도 과언은 아닐 겁니다.

그만큼 도망치고 싶은 괴로운 시간이지만, 한편으로는 작품을 만들어내는 중요한 동력이 되는 것도 사실입니다. 1분 1초가 아쉬운 상황에서 끙하니 화면에 머리를 박고 달달 다리를 떨다 보면 말 그대로 '오만 생각'이 다 스치거든요. 지난한 작업을 마무리 짓는 반짝이는 해결책은 그 머릿속 난장판 어딘가에 숨어 있기 마련입니다. 문제는 작업과 상관없는 엉뚱한 생각들도 함께 달려 올라온다는 것인데, 한시가 급한 상황임에도 그런 잡동사니조차 굳이 메모해두지 않으면 근질거리는 것이 작가라는 부류입니

다. 평상시라면 떠오르지 않았을 기억이나 이미지들은 앞으로도 계속될 창작 작업에 중요한 소스로 활용될 가능성이 있다는 것을 잘 아니까요.

이처럼 마감이 닥쳤을 때 오픈된 공간에 엉뚱한 글이나 기록을 남기는 행위를 흔히 '마감병'이라 부르곤 합니다. 주로 작가들이 상주하는 인터넷 블로그나 게시판, SNS에 갑자기 온갖 시시콜콜한 이야기나 옛날 사진, 음악, 동영상 클립들이 우후죽순처럼 올라온다면 마감 시즌이라는 증거라고 보시면 됩니다. 이 책의 잡문들은 제가 블로그와 SNS를 시작하며 남겼던 마감병의 수기들을 골라 다듬은 것들입니다. 한마디로, '돈 안 되는' 기록들이죠.

어쩌면, 마감병이라는 게 꼭 작가의 직업병만은 아닐지도 모르겠다는 생각도 듭니다. 하루하루 어떻게든 의미 있게 살아내기 위해 눈치를 보고, 머리를 쥐어짜내야만 하는 것은 육지에 발을 붙인 누구든 매한가지일 테니까요. 저야 그나마 어떻게든 표현하는 일이 직업이니 이렇게라도 고투의 흔적을 남길 수 있다는 사실에 새삼 감사하기도 합니다.

비록 어쭙잖지만 제 잡스런 기록들이 각자 나름의 다양한 마감병을 앓는 동료, 독자들께 소소한 위안이 되기를 바라며.

2021년 2월 석정현

차례

여는썰

1

어떤 그림을 그린다는 것은
단지 화면을 채우는 행위가 아니라
그 행위에 도달하기까지 겪었던 수많은 시행착오와 감정들을
묵히고 숙성한 결과물을 담는다는 의미일 것입니다.

그래서 그림꾼은 종종 자신의 발자국을 돌아봐야 할 필요가 있습니다.
그림은 과거의 행위와 현재의 행위를 끊임없이 비교하고 표시하는 과정이고,
이는 앞으로 그려질 것을 떠받치는 중요한 토대가 되기 때문입니다.

행동발달 상황

영역 활동 학기	근면성 학습태도 청소활동 자습활동	책임감 과제이행 당번활동 분담활동	협동성 집단활동 공동작업 봉사활동	자주성 학습활동 휴지줍기 행사활동	준법성 교칙준수 공공물이용 공중도덕	예절성 고운말사용 인 사 성 친구관계	창의성 과제처리 학습문제 작품제작
특 기 사 항 1	착하고 어질며 예의가 바르나 <u>내성적</u> 입니다.						
2	규칙을 잘 따르며, 정직하고 온순합니다.						

초등학교 시절 방학식날 받는 통지표 행동발달사항에는 항상 '내성적'이라는 표현이 붙어 있었습니다. 어머님께 '내성적'이 뭐냐고 여쭤봤더니 '성격이 좋다는 얘기다'라고 얼버무리셨지만, 저는 어렴풋이 알 수 있었습니다. 그것은 결국 친구를 사귀는 데에 어려운 성격이라는 것을요. 소위 '왕따'까지는 아니었지만, 너무 소심한 성격 탓에 친구가 거의 없던 유년 시절이었습니다.

    하지만 친구가 없다고 해서 친구가 필요 없는 것은 아니죠. 친구를 사귀는 가장 쉬운 방법은 뭔가를 잘하면 된다는 사실을 본능적으로 깨달았던 것 같습니다. 공부든 운동이든 집이 부자든 하다못해 잘생기든. 아무것도 가지지 못한 소심한 열 살짜리는 중학교에 진학할 때까지 매년 '내가 잘하는 것은 뭘까'라는 근원적인 고민을 했던 것 같습니다. 그것은 존재를 드러냄으로써 학교라는 깊은 물속에 빠져 죽지 않기 위한 처절한 생존의 고민에 가까웠습니다.

一九八七平 七月一十五日 그림

　제가 가진 칭찬을 받을 수 있는 유일한 능력은 '그림'이었습니다. 어릴 때부터 만화를 곧잘 따라 그려서, 명절 때 이모나 삼촌에게 종종 감탄을 자아냈거든요. 공부머리가 없던 제게 그림은 친척들의 잔소리로부터 제법 훌륭한 보호구가 되어주었습니다.

제 적성을 확신하게 된 저는 본격적으로 그림을 이용하기 시작합니다. 새 학년 새 학기에 제가 그림쟁이라는 사실을 모르는 친구들에게 제 존재를 알리는 방법은 이랬습니다.

1. 여는썰

쉬는 시간이 되면 조용히 책상 위에 무심한 듯 그림이 빼곡한 연습장을 펴놓고 화장실이나 운동장을 돌아다니는 겁니다. 수업종이 울릴 때쯤 교실로 돌아오면 제 책상에는 아이들 서넛이 붙어 있게 마련이었죠. 그 친구들이 흩어지는 모습을 말없이 쳐다보면 그것으로 된 겁니다. 하루 이틀 정도가 지나면 제겐 '그림 잘 그리는 아이'라는 딱지가 붙고, 그것을 구실로 자연스럽게 말을 거는 친구들이 생겼으니까요.

제 책상에 붙어 있던 아이들은 언론, 말을 걸어주는 친구들은 관객, 제 역할은 '작가'였습니다.

반에서의 제 역할이 확고해질수록, 친구들의 관심사를 알아야 할 필요가 생겼습니다. 그들이 좋아하는 것을 그려야 더 많은 관심을 받을 수 있으니까요.

1. 여는썰

사춘기에 들어서며 또래의 친구들이 치고받는 소년만화를 좋아할 즈음 소위 '순정만화'에 빠져든 것도, 이성에 관심이 생기면서부터였습니다. 한마디로 여자아이들의 관심사에 참여함으로써 호감을 받고 싶었던 심리였죠.

유즘 얘기로 저는 소심한 '관종'이었지만, 대상의 범위가 훨씬 넓어졌을 뿐 지금도 크게 다르지 않다고 생각합니다.

무엇보다 이 직업은 대중의 관심을 먹고 살고, 그림은 보여주기 위해 그리는 것이니까요.

　미술대학에 진학한 이후에도 교수님과 동기들의 관심을 끌고 싶었습니다. 그림 좀 그린다는 사람들이 모인 사회에서 존재를 드러내는 가장 쉬운 방법은 그동안 갈고닦은 테크닉을 뽐내는 것이었죠. 고교 시절 미술부에서 유화, 아크릴, 만화, 일러스트 등 다방면의 그림을 습득한 저는 보란 듯이 온갖 것을 그려댔습니다.

하지만 유치한 자랑질도 얼마 가지 못했습니다. 주변의 반응은 점점 시들해졌고, 어느 순간 우쭐하지도, 기쁘거나 속상하지도 않았습니다. 그림 그리는 게 이상할 정도로 재미가 없었죠. 슬그머니 공허하다는 느낌이 들기 시작했습니다. 뭔가 빠진 것 같은데, 그게 뭔지는 모르고 있었습니다.

1. 여는썰

이듬해 4월, 어린 시절 저를 키워주다시피 하셨던 외할아버지의 기일이었습니다. 중2 때 돌아가셨는데, 머리가 아플 정도로 울었었지요. 한동안 할아버지를 잊고 지낸 게 슬그머니 죄송스럽기도 했고, 대학에 와서는 술독에 빠져 사느라 며칠씩 외박을 했던 게 찔렸던 모양입니다. 조그만 10호짜리 캔버스에 아크릴 물감으로 할아버지를 그렸습니다. 좀 허전해서 한편에 기차 레일과 표지판을 더했더니 꽤 그럴 듯했지요. 의기양양하게 집에 들어섰습니다.

잔소리를 장착하신 어머니와 마침 집에 계시던 외할머니는 제가 그림을 들이밀자 한동안 어루만지며 눈물을 글썽이셨습니다. 이번에도 그림 전략은 성공이었지만, 저는 약간의 충격을 받았습니다.

그저 캔버스에 물감을 바른 것뿐인데, 그걸 보고 누군가가 눈물을 흘릴 수 있다니! 동시에, 공허했던 마음이 무언가로 채워지는 느낌이었습니다. '맙소사, 이게 뭐지?'

1. 여는썰

한동안은 그 사건을 잊고 지냈습니다. 미대 자퇴 후 저는 삽화, 벽화, 포스터 등 그림 관련 아르바이트를 하느라 정신없는 나날을 보냈거든요. 하지만 여전히 관심을 받는 것은 중요한 일이었습니다. 관심은 곧 일의 양이니까요. 관심을 받으려면 다른 이들의 관심사를 알아야 했고, 당시 또래들의 관심은 게임이라고 생각했습니다.

그러나 그것은 사회 구성원 전체의 관심사가 아니라는 것을 한참이 지나서야 깨달았습니다. 더 많은 사람들이 무엇을 필요로 하는지 알아야 했죠. '우리 반'이 '우리나라'로 커졌을 뿐, 생존을 위한 학창 시절의 고민은 계속 이어졌습니다.

문제는 제 사회적 의식이 거의 백치 수준이라는 것이었습니다. 그림만 잘 그리면 만사가 걱정 없을 것이라 생각해왔는데, 당황스러웠습니다.

위기감을 느낀 저는 사회 문제에 관심이 많던 선, 후배 작가들을 스승 삼아 그들의 잡담을 훔쳐 들으며 우리 사회에 대해 꼭 알아야 할 상식들을 조금씩 쌓기 시작했습니다.

그렇게 1~2년 정도를 지내자 점차 뉴스를 보며 함께 웃고 떠들 수 있게 되었고, 때로는 '화'도 낼 수 있게 되었습니다. 그것은 굉장한 수확이었습니다. 아무것도 모르는 아기는 화를 낼 줄 모르고, 인간의 감정 중 가장 많은 표현을 자아내는 것은 '분노'이기 때문이죠.

그렇게 몇 해를 지내고 나니 얼치기 만평 작가 행세를 할 정도는 되었던 것 같습니다. 신문과 잡지에 기고를 하며 확실히 나와는 다른 세상에 사는 분들과 어울릴 기회가 많아졌습니다. 마치 학창 시절 새 학년 새 학기를 맞은 기분이었죠.

동시에, 그림이나 만화가 중요하다고 느끼는 것은 어쩌면 그것을 만드는 나뿐일지도 모르겠다는 생각이 들었습니다. 만화나 그림이 없어도 사람들이 먹고사는 데에는 큰 지장이 없으니까요. 어떻게 하면 모두가 그것을 꼭 필요하게 만들 수 있을까? 그것은 장르의 영역 확장 같은 거창한 문제가 아니라, 여전히 제 개인 생존의 문제였습니다.

1. 여는썰

그렇게 어설픈 제게도, 큰 별이 연달아 넷이나 져버린 2009년은 참 아 픈 해였습니다. 마지막 별이 지던 8월의 어느 날 밤, 도무지 잠이 오지 않 더군요. 평소 그들을 마음에 두고 있다고 생각해본 적이 별로 없는데, 이 상하게도 속이 꽉 막히고 아렸습니다.

몇 시간을 뜬 눈으로 뒤척이다가 누가 시킨 것도 아닌데 벌떡 일어나 그들을 그려야 했습니다. 그래야 속이 풀릴 것 같았습니다.

다음날 아침, 그림에 달린 수십 개의 댓글을 보고 저는 한참이나 먹먹 하게 앉아 있었습니다. 기억을 더듬어봤습니다. 그동안 그림을 그려오면 서 일면식도 없는 이에게 '고맙다'는 이야기를 들어본 적이 있던가. 두근 거리는 가슴을 진정시키던 그 순간 문득 10여 년 전의 그 외할아버지 그 림이 떠올랐습니다.

그때, 어머니와 할머니의 눈물을 보며 차오르던 그 마음이 제 속에서 다시 또 느껴졌기 때문입니다.

저는 누군가로부터 감사를 받기 위해 그림을 그린 것이 아니었습니다. 오직 제 마음을 달래기 위한 것이었죠. 다만, 그런 그림을 인터넷에 올린 것은 몇몇이라도 내 심정과 같은 이가 있기를 바라는 바람 때문이었을 것입니다. 그런데 이렇게나 많은 이들이 있을 줄이야.

그렇다면 그들은 제 그림에서 무엇을 보고 감동을 받았던 걸까요?
제가 그린 할아버지 그림의 무엇이 할머니와 어머니를 울렸을까요?

저는 생각지도 못한 순간에 인생 최대의 난제를 맞닥뜨린 기분이었습니다. 정지된 한 장면의 그림으로 사람을 웃기는 것은 비교적 쉬운 일이지만, 울리는 것은 극히 어렵기 때문입니다.

그러나 두 사람의 눈물을 직접 목격한 이상, '한 장면의 정지된 그림이 사람을 울릴 수 있다'는 명제는 참일 것이고, 2명을 울렸다면 20명, 200명, 2천 명, 2만 명도 가능하지 않을까요?
그 2만 명이 공유하는 무엇인가를 알고 그릴 수 있다면, 한번에 2만 명을 울릴 수 있다면, 아마 두고두고 기억되는 그림쟁이가 될 수 있지 않을까요?

1. 여는썰

사람을 울리는 그림이란 도대체 무엇일까?

동료들과의 술자리 화두는 항상 그것이었습니다.

그저 세상을 떠난 누군가를 추모하는 그림을 그리면 되는 것일까?

그 누군가를 그리워하고 보고 싶어 하는 사람들은 항상 있을 테니 그 사람들을 위한 그림을 그리면 될까?

그게 아니면 슬픈 사연을 받아 그림으로 그리면 되는 싯날까, 그림에 최루 물약을 바르든, 그림을 돌돌 말아 사람이 울 때까지 때리면 될까?

아무 말의 향연 속에서 그럴 듯한 방법도 있었지만, 역시 미심쩍었습니다. 나와 같은 마음의 사람이 많다면 같은 마음의 작가들도 분명 많을 텐데, 그들이 그런 생각을 못 할까 싶었거든요. 무엇보다 소 뒷걸음질에 쥐를 잡듯 나로 하여금 그런 그림을 그리게 한 동기는 뭐였을까. 역시 답은 쉽게 나오지 않았습니다.

그럼에도 불구하고, 당시 저는 국내 최대 그림 커뮤니티 운영자를 맡고 CG 작법서를 낼 정도로 적어도 그림의 기술에 대해서는 자부심과 자신감이 충만하던 시기였습니다. 장르와 종류를 가리지 않고 '그림'이 들어가는 일이라면 뭐든 달려들 정도로 의욕도 넘쳤죠.

출판과 공연뿐 아니라 애니메이션과 영화 등의 콘셉트 작업에도 참여했습니다. 그중 몇 번은 '아이'를 그릴 일이 있었는데, 기대했던 것과는 달리 의뢰인들 반응이 미지근했습니다. 잘 그리긴 했는데 왠지 '느낌'이 살지 않는다는 얘기였습니다.

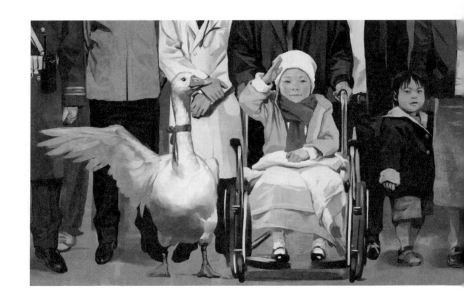

　하지만 '느낌'이라는 단어는 위낙 포괄적인 것이라, 답을 내기는커녕 문제를 파악하는 것부터가 쉽지 않지요. 마음 한구석이 왠지 찝찝했지만, 그냥 더 많은 작업을 뽑아내기 위한 '컨펌confirm' 정도로 여기기로 했습니다. 모르는 것은 생각하지 않는 것이 자존심을 지키기에 유리하니까요.

1. 여는썰

몇 년 후 함께 그림 공부를 하던 동반자를 만나 덜컥 아이를 갖게 되었을 때에는, 그것이 앞으로의 제게 어떤 영향을 끼칠지 상상도 하지 못했습니다.

임신과 아이란 막연한 먼 훗날의 일이라고, 아니 오히려 생각하고 싶어 하지 않았던 제 속은 설렘보다 두려움이 가득했습니다.

약하디 약한 아이를 품은 와이프는 오죽했을까요. 그러나 저는 철저하게 제 발등의 불 생각만 하는 똥바보였습니다.

역시 깊이 생각하지 않기로 했습니다.

그래, 남들도 다 하는 거. 나도 어떻게든 되겠지.

1. 여는썰

그러나 세상일이 그렇듯, 제 일도 맘 같지 않았습니다.

와이프의 임신 중에도 당황스러운 일과 갈등의 연속이었습니다.

하는 일마다 실수와 민폐의 연속.

정신을 차리고 어떻게든 해보려고 했지만, '그림'이 아닌 현실이라는 미지의 세계 앞에서 저는 무력했습니다.

폼 나고 멋진 작가가 될 상상만 했지, 좋은 남편, 아빠가 된다는 건 상상해본 적이 별로 없었기 때문입니다. 그런 그림은 그려본 적이 없었습니다.

과연 내가 할 수 있을까.

그 어떤 의뢰를 받았을 때보다 힘들고 무섭고

도망치고 싶은 나날들이었습니다.

1. 여는썰

아빠로서의 충분한 마음의 준비가 되지 않았음에도, 아이는 자신의 의지로 태어나고야 말았습니다.

눈앞에 아이가 있는데도 실감이 전혀 나지 않는 것은 물론이고 한동안은 마치 머리를 한 대 크게 맞은 것 같이 멍한 상태가 지속되었습니다.

더불어, 그림쟁이로서의 능력은 아이의 한때를 기록하는 의미 외에, 고된 육아에 큰 도움이 되지 않는다는 사실을 뼈저리게 절감하는 시기이기도 했습니다. 자괴감이 몰려들었습니다. '人間'으로서 나의 쓸모는 대체 무엇일까?

1. 여는썰

아이가 조금씩 커감에 따라, 저도 같이 커가는 것을 느꼈습니다. 아빠는 '되어간다'는 표현이 딱 맞는 듯했죠. 아주 서서히 저의 관점이 바뀌기 시작한 것입니다.

이전에는 '사람'이라는 대상에 대한 '껍질'에만 관심을 가졌다면, 서서히 사람의 안쪽에 대해 궁금해지더군요. 그것은 한 사람이 형성되는 과정을 너무나 생생히 목격하게 되면서부터입니다.

그저 먹고 울고 싸기만 하던 작은 생명체가 의식을 갖고 자아가 생기는 과정은 시나브로 일어나지만, 꽤 놀라운 일이었습니다. 그 과정을 통해 나 자신의 과거를 돌아보게 되고 꾸준히 기억을 더듬으면서 급기야 이전에는 생각해본 적조차 없던 '가족'이라는 집단의 의미와 미래에 대해서 생각해보는 시간이 쌓여갔습니다.

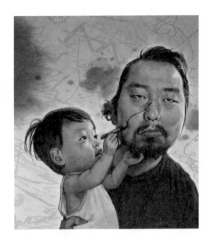

1. 여는썰

아이를 키운다는 것은 단지 '양육'의 차원이 아닌, 나 자신과 인간에 대한 고찰의 과정이었던 것입니다. 그런 고민을, 아이가 없었다면 대체 어떻게 밥 먹듯 할 수 있었을까요.

한 사람의 일생을 상상에 의지해 연속으로 그려보는 시도는 그 바탕에서 이루어졌습니다. 한 사람의 성장과 노화, 탄생과 죽음 그리고 환생에 대한 이야기를 나의 기술로 표현할 수 있나는 깃은 행운이었습니다. 모처럼 스스로가 쓸모 있다고 느낀 일이었습니다.

그러나 그 결과물에 대한 반응은 전혀 예상치 못한 일이었습니다. 정신을 못 차릴 정도로 전 세계의 독자로부터 댓글과 메일이 쏟아진 것입니다. 댓글의 수보다 더 흥미로운 것은, 그림의 '테크닉'에 관한 내용이 많지 않았다는 것입니다. 그들은 제 그림을 재료로, 각자의 이야기를 하고 있었습니다. 비로소, 도대체 이 현상의 이유가 뭘까, 다시 생각이라는 것을 하게 되었습니다.

1. 여는썰

답은 의외로 어렵지 않았습니다. 인간의 일생에 관한 이야기는 다름 아닌 우리 모두가 직접 스스로 겪는 일이기 때문이라는 것. 그리고 그 답은, 제가 '아빠'이기 때문에 알 수 있는 것이었습니다.

뿐만 아니라 이 세상에는 나와 같은 과정을 겪는 부모들이 많다는 것, 그들이 세계의 주축을 이루고 있다는 사실도.

비로소 '그림'과 상관없는 삶을 사는 대부분의 사람들과 같은 공통 관심사를 가졌다는 사실. '그림쟁이'로서가 아니라, '인간'으로서 함께 울고 웃을 수 있는 거리는 바로 그들의 삶 자체에 관한 이야기였던 것입니다.

그 거리는 바깥에서 분석하고 연구하는 것보다, 그 세계의 일원이 되면 자연스레 얻을 수 있는 선물과 같은 것이었습니다.

그리고 그때서야 알 수 있었습니다. 과거 의뢰인들이 말했던 '느낌'이라는 것이 어떤 것인지를요.

1. 여는썰

그해, 2014년 4월. '그 일'이 터졌습니다.

너무나 충격적이었습니다. 아이가 자라 학교에 다니고, 친구를 사귀고, 시험을 치르고, 여행을 보내는 일을 상상할 수 있는 누구의 일생에서든 절대 일어나서는 안 될 일이었습니다.

아무리 발을 동동 굴러보아도, 그 엄청난 사고를 멍한 눈에 담는 것 외에 제가 할 수 있는 일은 아무것도 없었습니다.

무기력한 몇 달을 보냈습니다.

마음 한편으로 얼마든지 일어날 수 있는 일이고, 다만 내 일이 아니라서 천만다행이라고 생각하려고 애를 썼습니다. 외면은 상처받지 않는 유일한 방법이었기 때문입니다.

그리고 그해 10월, 뉴스에서는 한 사람의 부고가 들렸습니다.

비록 한 번도 만나본 적은 없지만, 언젠가는 꼭 만날 것이라 생각했던 이의 죽음이었습니다.

그는 제게 단순한 연예인이 아니었습니다. 항상 바르고 옳게 자랄 것을 요구하는 부모님과 선생님 같은 어른들이 아닌, '이 정도는 괜찮아'라고 말해줄 것 같은 동네 형 같은 사람이었습니다. 그런 위안과 여지를 줄 수 있는 사람이 몇이나 될까요.

1. 여는썰

그의 이야기와 음악을 더 이상 들을 수 없다는 사실이 너무 참담하고 답답했습니다. 그러나 역시 제가 할 수 있는 일은 고작 그를 그리며 그리워하는 일 외에는 아무것도 없었습니다.

그가 떠난 지 49일째 되던 날, 한 매체에서 그의 아들이 그의 노래를 따라 부르는 모습을 보고 숨이 턱 밑까지 차오르는 것이 느껴졌습니다.

그 느낌은 2009년, 큰 별들이 연달아 졌을 때와 같은 그것이었습니다.

부랴부랴 집에 들어와서, 그가 떠난 이유를 그리기 시작했습니다. 새벽에 잠을 자다 깬 와이프는 그리던 중인 이 그림을 보고 '헉' 하는 단말마를 뱉었습니다.

동이 터올 때쯤 그림이 완성되었고, 속이 좀 편안해진 느낌이 들었습니다. 인터넷에 올린 후 그대로 곯아떨어진 채 오후 느지막이 일어나서는 어리둥절해졌습니다. 핸드폰에 수십 통의 부재중 전화와 문자가 와 있었기 때문입니다.

잠시 멍했던 저는 곧이어 그림에 달려 있는 수백 개의 댓글을 읽고서야 가슴이 뜨거워지는 것을 느낄 수 있었습니다. 고인 눈물을 훔치며 저도 모르게 중얼거렸습니다.

"나만 그랬던 게 아니었구나."

비로소 할아버지 그림을 보고 어머니와 할머니가 우셨던 이유와, 초등학교 이래 끊임없이 그림을 그려오면서 가졌던 의문의 해답을 얻은 느낌이었습니다.

그것은 '공감'이었습니다. 어머니와 할머니, 저 사이에는 '할아버지'라는 공감의 끈, 즉 공감대가 존재했던 것이지요.

2만 명을 울리는 그림을 그리기 위해서는, 나 자신이 그 2만 명 중 하나가 되면 되는 거였습니다.

　　사람들 사이에서 함께 섞여 사는 것이 작가에게도 왜 중요한 일인지, 왜 사람이 인간인지에 대해서도 더불어 깨닫게 되었습니다.

　　그림을 그린다는 것은 관객을 위해서뿐 아니라 저 자신을 위로하고, 외롭지 않을 수 있는 가장 좋은 방법이기도 했던 것입니다.

1. 여는썰

사람은 누구나 혼자 살아갑니다. 친구와 애인을 만들고 가족을 이루는 것도 결국 혼자라는 외로움에서 벗어나기 위한 몸부림이지요. 하지만 그것도 한계가 있다는 것을 압니다.

그래서 사람은 되도록 많은 이들과 마음을 공유하고 나누는 과정을 통해 마음으로 이루어진 자신이 혼자가 아니라는 사실을 '눈'으로 확인하고 싶어 했던 것이 아닐까요? 사람에게 그림이 필요했던 이유는 그것이 아닐까요?

생각이 그쯤 이르니 그동안 잘못된 질문을 해왔다는 사실을 깨달았습니다.
작가로서 '어떻게 관심을 얻을 수 있는지'가 아닌,
'어떻게 외롭지 않을 수 있는지'가 중요한 것이었죠.

이제 조금은 알 것 같습니다.

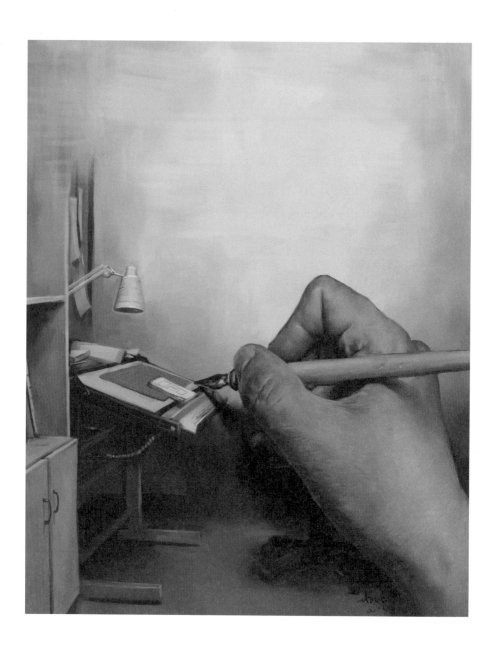

1. 여는썰

무엇을 그려야 할 것인지.

별을 부르다 │ painter12 │ 2018

마
감
썰

2

작가라면 누구나 겪는 '마감'은 참 신기합니다.
마감은 작업물뿐 아니라 평소에는 눈여겨보지 않던
주변의 온갖 것들에 대한 새삼스러운 감상이나
소소한 깨달음도 함께 만들어내는 힘이 있기 때문입니다.
그것은 아마도 생존을 위한 미약한 몸부림 와중의
부산물일 것입니다.

Korean Peninsula

한반도 | painter12 | 2019

그리다

예술과 관련된 우리말에서

그림을 '그리다'는 'drawing'과 'miss ; yearn for(그리워하다)'의 뜻을 모두 가지고 있고,

노래를 '부르다'는 'sing'과 'call(호출하다)'의 뜻을 모두 가지고 있으며,

춤을 '추다'는 'dancing'과 'keep oneself(가누다)'의 뜻을 모두 가진 동음이의어.

어원이 어떻건 간에, 이는 행동의 과정과 근거가 공존하는 우리나라만의 독특한 동사임에는 분명하다.

그리워서 그리는 그림, 듣는 이를 이끄는 노래, 몸을 가누며 추는 춤.

이유가 따르는 행동은 강하다.

Black

다음은 'Black'을 뜻하는 우리말입니다.

아래 예시는 논문 발췌인데, 제가 주워 알기론 약 70가지 정도 된다고 하네요. 하여튼 이런 색채인식체계를 가진 민족 틈새에서 그림을 그리는 것도 그리 만만한 일은 아닌 것 같습니다.

검다, 가맣다, 거멓다, 까맣다, 꺼멓다, 새까맣다, 시꺼멓다, 새카맣다, 시커멓다, 가무끄름하다, 거무끄름하다, 가무대대하다, 거무데데하다, 가무댕댕하다, 거무뎅뎅하다, 가무레하다, 거무레하다, 가무숙숙하다, 거무숙숙하다, 가무스름하다, 거무스름하다, 가무스레하다, 거무스레하다, 가무잡잡하다, 거무접접하다, 가무족족하다, 거무죽죽하다, 가무촉촉하다, 거무축축하다, 가무충충하다, 거무충충하다, 가무칙칙하다, 거무칙칙하다, 가무퇴퇴하다, 거무튀튀하다, 가뭇하다, 거뭇하다, 가무께하다, 거무께하다…

엄훈, 「한국어 색채어의 표색 체계에 대한 고찰」 중 발췌

Works와 재간

강의 자료를 정리하다가 처음 알았다.

작가의 '작업물들'을 의미하는 'works'라는 영단어는, 한글 컴퓨터 자판으로 치면 '어떤 일을 할 수 있는 재주와 솜씨' 또는 '어떠한 수단이나 방도'를 뜻하는 명사인 '재간才幹'이 된다.

이럴 수가! '작업물'은 결과고 '재간'은 행동이지만, 거의 같은 의미다. 게다가 영단어 'work' 또한 '작업'과 '연구하다', '일하다'라는 뜻을 동시에 갖고 있다.

그런데, 뭔가 있어 보이기 위해 대문자로 'WORKS'를 치면, '째간'이 된다. 보잘것없는 작업을 쓸데없이 부풀리지 말고 항상 겸손하라는 쿼티 키보드 개발 성인의 뜻인가 보다.

작업 과정 | painter6.1 | 2002

부분과 전체

한참 그림의 기술을 배우던 시기에 불문율로 여겼던 것 중 하나가 '그림은 부분에 집착하지 말고, 반드시 전체적으로 그려 들어가야 한다'는 가르침이었다. 그러지 않으면 전체의 균형과 완성도를 해치기 쉽다는 게 이유였는데, 요즘에는 회의가 든다. 부분을 그리든, 전체를 그리든 과정은 과정일 뿐이니까. 어떤 식으로 접근하든, 덜 그린 그림이 덜컥 완성작이 되진 않는다는 얘기다. 중요한 것은 행위나 절차가 아니라, 말 그대로 완성된 '큰 그림'을 보는 눈이 아닐까?

그리고 그것이 어디 그림에만 국한된 문제이랴.

컬래버레이션, 어시스턴트

많은 사람들이 '컬래버레이션collaboration'(흔히 '콜라보'라고들 한다)과 '어시스턴스assistance'를 혼동한다.

컬래버레이션은 서로 다른 분야에 종사하는 두 사람(주로 작가)이 상호 존중 하에 '협업'을 하는 것이고, 어시스턴스는 특정 목적을 가진 의뢰인(주로 개발자)이 특정 기술을 가진 기술자에게 구체적인 '도움'을 요청하는 것이다.

전자의 경우는 둘 이상의 아티스트가 주제나 소재를 공유해 하나의 작품을 만들어내는 예를 들 수 있을 것이고, 일반적으로 만화가가 배경 도우미(어시)를 고용한다거나, 일러스트레이터가 '외주'를 한다고 하면 후자에 속하는 경우가 많다.

그래서 같은 작가가 같은 기술을 써서 그림을 그려낸다고 하더라도, 전자는 작가의 생각이나 감각이 반영되기 때문에 '작품(work)'이 되지만, 후자는 의뢰인의 확인이나 수정 요구를 받기 때문에 '결과물(output)'이 된다. 나 같은 그림쟁이의 입장에서 보자면 전자는 '내 그림'이지만, 후자는 '내가 그린 그림'에 불과하다. 전자는 검색을 통해 나를 찾고, 후자는 소개를 통해 나를 찾는다.

2. 마감썰

꽤 오랫동안 여러 사람에게 제안이나 의뢰를 받아 작업을 해왔음에도, 실은 '콜라보'가 아니라 '어시스트'를 해왔다는 사실을 깨닫기까지 꽤 오래 걸렸다. 하지만 그 사실이 부끄럽지는 않다. 나는 굳이 '아티스트'가 되고 싶은 욕심이 없다. '이건 이렇다'라고 강하게 주장하고 싶은 줏대가 없다는 걸 알기 때문이다. 반면 내 그림을 필요로 하는 사람들을 만족시켜주는 게 좋았다. 그래서 그냥 '기술자'가 더 적성에 맞을지도 모르겠다고도 생각했다. 그리고 그건 운 좋게 어느 정도 맞아떨어졌다. 다만, 점점 그림 그리는 게 피곤하고 재미가 없었을 뿐이다. 요즘 자꾸 누구의 '숙제 검사'도 받지 않고 혼자 신나게 그렸던 옛날 그림들을 멍하니 보는 시간이 많아지는 건 어쩌면 – 영화 〈인터스텔라〉의 한 장면처럼 – 블랙홀 5차원 공간에서 '이제 내 그림을 그리라'는 훗날 나의 메시지를 받고 있기 때문이 아닐까?!

그림쟁이의 놀이

일과 놀이의 노동량은 같다. 다만 일은 돈을, 놀이는 재미를 얻는 차이가 있을 뿐이다. 그렇다면 돈과 재미의 관계는 무엇일까? 그것을 안다면 일을 놀이처럼 할 수 있지 않을까?

2. 마감썰

재능

국정농단 사태 때, 한참 Hot했던 말 타는 친구가 '돈도 실력'이라고 했다지.

그 기사에 와이프 왈, "틀렸다, 돈은 재능"이라고 했다.

단박에 동감한다.

단, '일종'을 붙이고 싶다.

'재능才能'의 '재才'는 그 자체가 '재주'라는 뜻도 있지만, '바탕', '기본'을 뜻하기도 한다. 다시 말해 재능이란 '무엇인가를 할 수 있는能 바탕'을 뜻한다고 볼 수 있을 것이다.

따라서 '재능'은 그 자체가 추구해야 할 가치라기보다, '자원'이나 '가능성'에 더 가깝다. 그래서 선천적으로 음감을, 색감을, 얼굴을, 말발을, 재력을 타고났다고 해서 그 자체를 비난할 수 있는 이유가 되는 건 아니라는 얘기다.

재능이라는 자원은 누구나 가지고 있다. 그러나 드러나지 않은 경우가 많아, 부모들은 어릴 때부터 자식에게 별별 일을 다 시킨다. 재능을 발견하기 위해서다. 그리고 때로는 그 재능이라는 것이 아주 뒤늦은 나이에 드러나기도 한다.

그러나 어찌됐든 중요한 것은,

가능성 자체가 곧바로 '실력'이 되진 않는다는 사실이다. 운이 좋아 드러난 재능이라는 자원을 어떻게 빛나게 할 것인가는 재능의 소유 여부와는 관계없는 차원의 문제다. 아무리 훌륭한 가능성을 지니고 있다고 한들 그것을 쓰는 방법을 모르면 아무짝에도 쓸모가 없을 뿐더러, 그것을 무기나 권력으로 착각하면 '횡포'가 되는 것이다. '실력'으로 받아야 할 보상을, 단지 '재능'으로 탐하니 욕먹는 것이다.

물론 그 횡포란 말할 수 없이 꼴사납지만, 더 암울한 문제는 그 행태에 적극적으로 동조한 스승들께서 몸소 대한민국 최고 지성의 수준을 드러내고 말았다는 사실이다. 권력을 재빨리 탐지하고 순응하는 것도 재능이라면 재능이겠지만, 적어도 '학자'로서 그런 재능을 실력으로 포장할 만큼의 가치는 없었을 텐데 말이다.

습작 | painter9 | 2009

우문현답

저는 그림을 그리지만 어렸을 때 그림 커뮤니티를 운영하는 프리랜서 기자 신분으로 국내외의 소위 '존잘'들을 쫓아다니며 인터뷰했던 경험이 있습니다. 똑같은 질문을 수도 없이 했습니다.

"어떻게 해야 그림을 잘 그리게 되는가?"

대부분의 반응은 이랬습니다.

"…(심각)그게 나도 궁금하다."

대답을 피하는 게 아니라, 자신이 '잘 그린다'고 생각을 안 하는 경우가 많아서였습니다. 그래서 질문을 바꿔봤죠.

"역시 죽어라 그리는 방법밖에는 없는 건가?"
"…죽어라 그리면 죽지 않나?"

그래요. 일단 살고 봐야죠. 그림도 살자고 그리는 건데.

2. 마감썰

인물 드로잉 | 노트에 펜 | 2019

그림은 쉬워요?

―――――――

그림을 가르치는 매체에서 하나같이 내세운다. 쉽단다. 그리고 정말 쉬워 보인다. 어라? 싶다.

당구를 모를 때는 "에이⋯ 이게 뭐? 나도 하겠는데?"라고 했었지. 그저 막대기로 공을 치는 게 뭐가 어려운가.

그런데 방 천장이 당구대로 보이기 시작하는 80 정도 되면, '마세'*를 보며 비로소 탄성을 지를 수 있게 된다.

숙련자의 시연은 쉽고 편안해 보인다. 그러나 바이엘이라도 쳐봐야 이루마가 왜 대단한지 알게 되고, 노래방에서 이승철의 노래를 핏대 세우며 불러본 다음에야 그가 왜 국보 수준의 보컬리스트라는 건지 실감할 수 있게 되는 법이다. '다른 세계'가 '내 세계'가 되는 순간 비로소!

어떤 분야에 대해 쉽게 알려주는 방법도 물론 중요하지만, '실습'은 단지 전문 기술의 습득을 위한 것만이 아니라 다양한 세상에 대해 '경이'를 보는 눈과 '경의'를 심어주기 위해서도 필요한 과정이다.

* massé. 큐대를 수직으로 세워 공을 내리찍는 스트록 방법

2. 마감썰

그림을 그려봐야 간결한 그림을 보고 감탄할 수 있게 된다.

많은 그림쟁이들이 '그림은 쉬워요'라고 구라를 치는 것은, 정말 쉬워서가 아니라 자신의 가치를 더 많은 이들이 알아봐주길 원해서다. 얄밉지만, 현혹되어볼 가치는 충분하다.

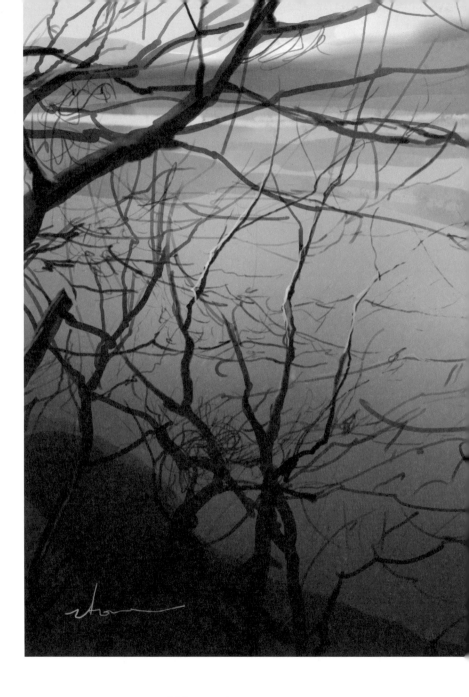

풍경 | painter7 | 2004

재미

내 작업물에 대한 (사람들이 평가하는)결과는 좋을 수도, 나쁠 수도 있습니다.

그래서 무엇보다 과정에서 재미를 찾아야 합니다.

좋은 결과일 때는 만족감을 더하고, 나쁜 결과일 때는 재미라도 남기 때문입니다. 그거면 충분하죠.

따지고 보면 우리가 돈 버는 이유는 '재미있게 살고 싶어서' 아닌가요?

어떻게 재미있게 일을 하는가?
그것이 고수들의 진짜 노하우.

최초의 관객

"그림을 그리면서 행복하지 않으면 뭔가 잘못되고 있는 거죠."

밥 로스 아저씨의 한마디.

그림이 좋은 '상품'이 되느냐 마느냐는 두 번째 문제.

'예술작품'이 되느냐 마느냐는 세 번째.

무엇보다 가장 먼저 그림을 그리는 행위로 인해

최초의 관객인 작가 스스로를 행복하게 만들어야 할 필요가 있다.

밥 아저씨 | painter12, photoshop7 | 2019

그림 노트

SNS의 그림 관련 커뮤니티에는 종종 빼곡 채운 자신의 드로잉 노트를 한 장씩 보여주는 게시물이 올라오곤 한다. 남의 드로잉 노트를 구경하는 것만큼 그림쟁이에게 재미있는 일도 별로 없는 법. 멍하니 보고 있자면 초등학교 시절 A4용지를 반으로 접어 직접 풀로 제본해 만들었던 나만의 만화 대백과 사전이 떠오르곤 한다. 당시 유행하던 만화의 등장인물과 설정들을 따라 그리고 정리했던 것인데, 만화 그리는 것을 못마땅히 여겼던 어른들도 그 사전은 차마 함부로 건들지 못했다. 열두 살짜리 집념의 결정체였으니까. 출판물을 흉내 낸 형식이었지만 팔거나 남에게 보여주기 위한 것이 아니었다. 내가 보기 위한 것이었다.

종이 구석구석 직접 손으로 그리고 쓰고 붙여서 빈 공간을 빼곡히 채우고 나면, 뿌듯함을 넘어 어떤 자존감마저 돋아났다. 전교 1등이 부럽지 않았다. 마치 숨겨둔 과자를 하나씩 꺼내 먹듯, 내가 그린 내 그림을 두고두고 봤다. 그렇게 충분히 스스로 즐긴 다음에야 복사해서 애들에게 보여줬다.

아쉽게도 그 백과사전은 기억 속에만 남아 있지만, 내 그림을 즐기는 과정은 지금도 비슷하다. 그림을 완성하면 공개하기 전 컴퓨터 바탕화면에 깔아놓고 가급적 2,3일 정도 묵히며 감상하곤 한다. 요리사도 남을 먹이는 직업이지만, 그도 사람이다. 자신이 만든 맛있는 음식을 스스로 즐길 권리가 당연히 있는 것 아닌가.

대중작가가 독자의 눈치를 보는 것은 당연한 일이다. 그러나 작가는 자신의 작품을 보는 가장 첫 독자이기도 하다. 과정으로든, 결과물로든 일단 누구보다 자신부터 즐겁게 만들어줄 필요가 있다. 가장 중요한 일이다.

음미의 요령

저는 가끔 맛있는 음식을 먹을 때, 그것을 만든 사람이 자신의 음식을 먹었을 때의 표정을 상상하곤 합니다.

그는 미간을 살짝 찌푸린 채 눈동자를 양쪽으로 굴리며 신중하게 간을 맞추다가, 어느 순간에 '됐어!'라며 자신감에 찬 입을 앙다물었겠지요. 그 장면을 상상하는 것은 음식이라는 창작물을 즐기는 방법 중 하나입니다. 얼굴도 모르는 이가 '좋다'고 생각했던 순간이 내 감각과 맞아떨어졌을 때, 사람은 비로소 외로움에서 잠깐 벗어날 수 있기 때문입니다.

그림도 마찬가집니다. 멋진 그림을 볼 때, 화면이 어떻게 채워졌는지 표면의 균형과 색감을 음미하는 것도 중요하지만, 잔뜩 인상을 쓴 채 고개를 수도 없이 갸웃거리다가 어느 순간 벌떡 일어나며 그림을 맺었을 작가의 표정을 상상하는 것은 그림의 풍미를 더해줍니다.

내가 보고 있는 그림이 '작가'라는 직업을 가진 사람의 시선에 가장 최선의 상태로 맺어진 결과라는 걸 아는 것만으로도, 글도, 움직임도, 냄새도, 맛도 없는 그림은 한층 더 재미있어집니다.

2. 마감썰

무제 | painter9 | 2010

재미있는 일

'만화의 신' 테츠카 오사무는 연재 제의를 거절하지 않고 넙죽넙죽 받아 한 달에 무려 열 개 정도의 연재를 병행한 적도 있다고 한다. 워낙 아슬아슬하게 마감하는 탓에 편집자, 제작자들의 속을 새카맣게 태운 건 물론이고 결국 펑크도 여러 번 냈다고. 후배 작가 '아카츠카 후지오'가 사석에서 '왜 그렇게 연재 제의를 마구 받아들이느냐'고 물었더니, 이런 대답이 돌아왔단다.

"재밌는 일은, 반드시 해야만 해요…!!"

당연히 체력적으로 문제가 됐을 것이다. 테츠카 오사무는 예순에 생을 마감했다. 동료 작가 미즈키 시게루가 '잠 안 자고 일해서 일찍 죽었다'고 핀잔을 줬다지만, 이야기가 머릿속에 태산같이 쌓여 있던 테츠카 오사무에게 만화란, 단순한 '일'이 아니라 '재미있는 일'이었던 것이다. 알아가는 일, 꾸미는 일, 그리는 일, 스스로 감탄하는 일, 보여주는 일, 우쭐대는 일…

그 '재밌는 일'은, '그때' 해야만 했을 것이다. 그 재미있는 일을 두고 잠이 왔겠는가.

내일 할 수 있는 일은, 지금 할 수 있는 일과는 다르다.

2. 마감썰

눈을 크게 뜨세요

아주 오래전 국딩 시절(초등학교) 즐겨 시청하던 KBS 〈가족오락관〉이라는 프로그램이 있었다. 전설의 MC 허참과 정소녀의 맛깔나는 진행과 어우러진 '남성팀'과 '여성팀'의 입담 대결도 볼만했지만, 무엇보다 '이구동성'이니 '스피드 퀴즈' 같은 명 게임 탄생의 산실이기도 했다.

그중 가장 기억에 남는 게임은 '눈을 크게 뜨세요'라는 시청자 참여 코너였는데, 시청자가 다른 시점에서 바라본 어떤 특정 사물을 그려 보내면, 패널들이 그 물체가 무엇인지 알아맞히는 방식의 게임이었다. 우리에게 너무나 익숙한 사물들을 다른 관점으로 바라볼 기회를 주는, 꽤 기발하고도 선지적인 게임이었다고 생각된다.

게임은 이런 식이었다. 예를 들어 원 중앙에 큰 점이 하나 찍혀 있는 그림이(⊙) 나오면 보름달, 호빵, 찌찌(실제로 나왔던 오답)… 등의 엉뚱한 오답이 난무하다가 결국 '냄비뚜껑'이라는 정답이 나오는 포맷이었는데, 이게 은근히 생각처럼 맞히기가 쉽지 않았다. 그런데 그중 최강은 이 그림이었다. 이건 결국 아무도 맞히지 못했고, 정답을 알고 있는 MC인 허참마저 감탄하게 만드는 문제였다. 당시 국딩 3~4학년이었던 내 뇌리 속에 엄청나게 강렬히 남을 정도였으니….

난 지금도 작업을 할 때면 종종 이 그림을 떠올린다. 그림으로 밥을 먹고사는 지금, 과연 이 그림을 넘어설 만한 친숙하고 인상적인 작품을 만들 수 있을지.

…그래서, 정답이 뭐냐고요?
뭘까요~?

윤양 발가락 사이로 삐져 나온 티바지 고사리 손가락 뜻

DJ의 정색

하루는 귀갓길에 차 안에서 〈배철수의 음악캠프〉를 듣는데, 배철수 아저씨가 어떤 청취자의 문자를 읽어주셨습니다.

내용인즉 그 청취자 분, '고등학교 시절부터 듣기 시작해서 벌써 마흔을 넘겼는데, 앞으로 자신이 노인이 될 때까지 〈배철수의 음악캠프〉를 지켜달라'는 내용이었던 것 같습니다.

이에 대한 배철수 아저씨의 진지하고 단호한 한마디.

"그건 안 됩니다. 그전에 없어질 겁니다."

조금 충격이었습니다. 훈훈한 덕담에 갑자기 정색이라니.

하지만 툭하면 "대한민국이 ○○할 때까지~ ××는 계속됩니다~"라는 피상적이고 무책임한 멘트가 공식처럼 남발되는 요즘의 방송환경에서, 배철수 아저씨의 정색은 묘한 쾌감과 반성을 불러일으켰습니다.

한계를 인식한다는 것. 지금의 상태가 좋든 나쁘든 영원히 지속되지 않는다는 것. 그래서 최선을 다해 현재를 살아야 한다는 다짐도.

타인의 눈

한창 작업을 할 때의 작가는 자신의 작품이 좋은지 어떤지, 재밌는지 아닌지 잘 알지 못합니다. 작업에 몰두할 때 뾰족한 펜 끝만 보는 그의 시선은 바늘구멍만큼이나 좁아져서 좀처럼 전체를 보지 못하죠. 마치 배고 픈 상태에서 마트에 갔을 때 식품 코너만 보이는 것처럼. 이런 상태를 저는 '주관의 늪'이라고 부릅니다.

그 늪에 빠졌을 때는 일종의 환기가 필요한데, SNS나 인터넷이 그 역 할을 합니다. 실실거리며 남의 글에 댓글을 달거나 '좋아요'를 누르거나 쿠키 영상에 빠져 있다가 문득 내 그림을 보면, 아주 순간적이지만 '타인 의 눈'으로 보이는 효과가 있습니다. 다시 말해 객관적 시각이 스치는 거 죠. 그 순간을 잡으면, 어디를 어떻게 고쳐야 할지가 보입니다. 그래서 마 감 기간에는 작가들의 SNS 활동이 유난히 활발하죠.

어쨌든, 그렇게 그린 그림이 온전히 객관적으로 보일 때는 다름 아닌 인터넷에 작품을 올리는 순간입니다.

작품이 공개되는 순간부터는 내 시선이 다른 이들의 시선과 동화되기 때문입니다. '타인의 눈' 정도가 아니라 이른바 '집단시선'이 된다고 할

무제 | painter9 | 2010

까요? 주관의 늪에서 빠져나오는 순간 외마디 비명과 함께 부랴부랴 그림을 내리고 고쳐서 올리고, 그 찰나에 '좋아요'라도 달리면 식은땀이 흐르고…

그래도, '수정' 버튼이 있다면 그나마 다행입니다. 이 '집단시선'이 가장 극대화될 때는 수정도 할 수 없이 인쇄되어 나왔을 때입니다. 아무리 출판사와 인쇄소를 쫓아다니며 교정을 보고 오탈자를 체크해도, 단언컨대 그 순간을 100% 만족하며 넘어가는 작가는 아마 거의 없을 것입니다. 따라서 평소에도 그런 집단시선을 갖고 있다면 얼마나 좋겠습니까만, 그렇다면 또 그만큼 작가의 고유한 체취도 옅어지겠지요. 이렇듯 작품을 발표한다는 것은 주관과 객관 사이를 쉴 새 없이 왕복해야 한다는 뜻이기도 합니다.

모르긴 몰라도 이 책이 나왔을 때에도 여지가 없겠지요. 이 책을 보고 있을 저 스스로에게 말합니다. 저기, 일단 진정부터 하고….

회화 서바이벌

한때 성황이던 TV 서바이벌 프로그램을 볼 때마다 궁금했었습니다. 요리, 노래, 춤, 힙합… 그림은?

영국 BBC에 〈The Big Painting Challenge〉라는 시즌제 회화 서바이벌 프로그램이 있습니다. 사실 모두 아시다시피 그림은 승부가 명확한 스포츠와 달리 순위를 매기기가 어렵습니다. 물론 같은 예술이라는 측면에서 음악이나 춤도 마찬가지겠지만, 그림은 기술에 앞서 철저히 주관적인 시선과 해석에 의해 만들어지는 결과물이기 때문입니다. 그래서 때때로 작가의 '실수'까지도 감점 요소가 아닌 작품의 매력이 되기도 하다 보니, 툭

사진 출처 makingamark.blogspot.com

하면 심사 결과에 많은 불만과 이견이 따르기 마련이죠. 애초에 그림으로 서바이벌 프로그램을 만들기가 어려운 이유입니다.

　하지만 그럼에도 불구하고 이 프로그램이 흥미로운 이유는 참가자들이 한 가지 주제를 놓고 그림을 그려가는 여러 가지 접근 방법과, 서양 심사위원의 시각에서 그림의 어떤 부분에 중점을 두는지 가늠할 수 있기 때문입니다. 작가의 입장에서 (단련된)관객이 어떻게 작품을 받아들이는지 직·간접적으로 들어보는 것은 굉장히 중요한 일이죠.

　우리나라처럼 춤과 음악, 요리와 먹방이 지배하다시피 하는 영상 매체 환경에서 다양성의 폭을 넓히기 위해서라도 한 번쯤 시도해봐도 재미있을 만한 콘텐츠 같습니다.

　이 글을 쓰던 날은 마침 '인물화'를 주제로 자화상, 낯선 이의 초상화, 유명인의 초상화를 그리는 미션이 주어졌는데, 심사평이 아주 얼음 같습니다. 우리나라에서 저런 식으로 심사했으면 아마 '녹화 잠시 중단'이라는 자막과 함께 참가자가 심사장을 뛰쳐나가거나 울었을지도… 관객의 냉정한 평가를 후하게 받아들이는 것도 작가가 갖춰야 할 중요한 소양이 아닐까 싶네요.

인물 모사작 | painter8 | 2003

to. Louis

to. Paul

인물 습작 | painter9 | 2010

푸념

　　"무명 연극배우, 생활고로 숨진 지 5일 만에 고시원에서 발견"이라는
기사를 접하고 혀를 차며 그의 생전 사진을 보았을 때, 가슴에 뭔가 쿵하
고 떨어지는 기분을 느꼈다.

아니겠지, 아니겠지 했는데, 아무래도 내가 아는 그 친구가 맞는 것 같았다.

아니었으면 좋았겠지만, 아니어도 좋은 일이 아니다. 그 때깔 좋은 예술씩이나 했으면서 생활고라니, 무연고라니….

머리 굵어지고 세상을 조금 안다고 생각하면, 대뜸 속에 가득 차는 것이 불평과 불만이다. 따뜻한 세끼 밥 꼬박꼬박 먹고 이러쿵저러쿵 입만 살았던 내가 아니라, 정작 모든 것을 토로해야 마땅했던 그 친구는 끝까지 세상을 믿다가 끔찍하게 쓸쓸히 떠나버렸다.

그 친구가 팔라고 했던 이 손으로, 나는 무슨 말을 그려야 할까. 아직도 나는 덜 익은 푸념을 끊지 못한다.

그림의 코멘트

SNS에 시간과 공을 들인 그림을 올려놓고 '낙서', 'ㄲ적ㄲ적'했다고 쿨하게 멘트를 붙이는 심리를 잘 압니다. 이 정도는 쉽게 그린다는 일종의 능력 과시죠.

물론 '겸손'의 의미로 쓰는 이도 있고, 결정적으로 '낙서'나 'ㄲ적ㄲ적'이 나쁜 것은 아닙니다만 문제는 그 멘트를 읽는 보통 사람들의 인식은 그걸 진짜 '낙서'로 받아들이게 된다는 거죠. 아, 작가는 낙서를 해도 이 정도구나.

그래서 툭하면 공짜로 그려달라는 겁니다. 왜? 말 그대로 '낙서'니까요. 낙서에 차원이나 단계가 어딨습니까. 낙서는 그냥 낙서죠. 그래서 사람들이 함부로 그런다고 투덜댈 필요가 없어요. 자초한 일이니까요.

그래서 그림쟁이들은, 의식적으로라도 '어려웠다'고 솔직하게 고백하거나 좀 엄살을 떨 필요가 있습니다. 거짓말이 아니죠. 그림 그리기는 실제로도 굉장히 어렵고 고차원적인 능력일 뿐더러, 능력이 달리긴 넘치건 창작이 고통스러운 일이라는 건 누구나 다 아는 사실이잖아요?

풍경 드로잉 | 종이에 펜 | 2007

비싼 척해야 된다는 얘기가 아닙니다. 그림은 얼마든지 공짜로 그려줄 수 있습니다. 다만 그게 자신의 작품을 바라보는 자세에 따라 '낙서'를 버리는 투기 행위가 될 수도 있고, '작품'을 증정하는 호의가 될 수도 있다는 얘깁니다. 마찬가지로 SNS의 타임라인이 오줌싸개 담벼락이 되느냐, 갤러리가 되느냐는 주커버그가 정해주는 게 아니죠. 그건 작가가 정하는 겁니다.

예술과 콘텐츠의 사회적 인식과 가치가 높아지는 건 작가 개개인의 사소한 표현에서부터 시작되는 것이 아닐까요?

와이프의 명언

"작품이 작가를 지키게 하라."

직접적으로 자신의 삶에 영향을 미치지 않는 이상, 대중은 작가라는 직업을 가진 한 사람의 성향에 대해 큰 관심이 없다. 그에 대해 일종의 편견을 가지는 것으로도 충분하다. 삶은 충분히 고단하고, 그를 모르더라도 생활에는 아무 지장이 없기 때문이다. 잘 모르기 때문에 좋아할 수 있고, 잘 모르기 때문에 공격하기도 부담이 덜하다.

대중에게 속마음을 드러내는 행위로 먹고사는 이가 호감을 받기 위한 근거도, 공격받기 위한 빌미도 결국 '작품'이라는 얘기다.

자신의 작품이 스스로를 겨누는 화살이 되어 돌아오기를 바라는 작가는 아무도 없을 것이다. 다행스럽게도, 다른 장르에 비해 그림은 상대적으로 그것을 만드는 데에 생각할 시간이 많은 편이다. 하지만 아무리 덧붙이고 꾸민다고 해도, 대중은 순식간에 본질을 알아챈다. 그의 진심을 발견했다면, 대중은 견고한 방어막이 되어준다.

그러나 만약 진심을 담았는데도 잘 통하지 않는다고 느끼면, 본질이고 나발이고 다시 처음으로 돌아가 데생 기초부터 닦아야 할 문제다.

어떤 깨달음

어릴 적엔, '희망사항'의 가사 중 '시력을 맞추다'가 '시선을 맞추다'의 오기인 줄 알았더랬다. 나이를 먹으며 세상을 보는 자세가 바뀌고 나니, 문득 얕은 나의 오해였을지도 모른다는 생각이 들었다.

이처럼 시간이 지남에 따라 이전에는 알면서도 몰랐던 것들이 새삼 '아!' 하는 감탄사와 함께 실감이 날 때가 있다. 그렇게 하나씩 배우고 깨달아가는 것이 어쩌면 삶의 참맛이 아닐까.

마감 노트 1

만화 작업이라는 게 긴 시간 동안 화면의 작은 공간에 집중하는 일이다 보니 작업하는 동안 별별 상념에 잠기기 마련인데, 그중에서도 새삼 인간이 만든 '마감'이라는 개념이 참 신비롭다는 생각을 자주 하곤 합니다.

어찌 보면 실체가 없는 인위적인 '시간제한'에 불과할 뿐인데, 작가는 그 개념 때문에 끝없이 고통스러워하죠.

보상이 없는 건 아닙니다.

재미있는 건 그 분명한 '한계'가 힘들다고 생각했던 일이나 불가능하다고 여겼던 일들을 '하게' 만들어주거든요. 어떤 상상을 실체화하는 과정에는 필연적으로 고통을 수반하는데, '마감'이 그 역할을 한다는 얘기죠.

우리가 무엇인가를 앞두고 망설이는 가장 큰 이유는 어쩌면 생각할 시간과 가능성이 너무 많기 때문이 아닐까 하는 생각이 듭니다. 그런 면에서 우리에게 펼쳐진 '무한한 가능성의 미래'가 꼭 좋은 것만도 아닌 것 같고요.

'최소한의 구속이 존재할 때에 더욱 자유로울 수 있다'는 철학적인 상념도, 마감 와중에 곱씹게 됩니다.

2. 마감썰

마감 노트 2

사람은 낯선 환경에 처하게 되면 미약한 생존 본능이 발동해 모든 감각 기관이 예민해지고, 두뇌의 창의와 정보처리, 기억 영역이 활성화되는 경향이 있다고 한다.

여행을 하게 되면 설레는 것은 두뇌 활동의 증가에 의해 두뇌에 산소를 전달하는 심장 박동이 미세하게 빨라지기 때문이라고 볼 수 있을 텐데, 학생이 시험 전날까지 공부를 하지 않는 것이나 작가가 '마감' 전까지 작업을 미루는 것도 바로 그 '생존 본능 모드'가 발동되기를 기다리는 같은 결의 이유가 아닐까 싶다. 이 모드가 발동되면, 말 그대로 초인적인 능력이 발현되기 때문이다. 그림을 그린다는 것은, 내 그림의 모자란 부분을 '보는 것'이다. 잘 관찰하고 잘 발견해야 좋은 결과물이 나온다. 그렇게 보면 마감 때의 작가가 작은 자극에 필요 이상으로 예민해지는 이유도 설명이 된다.

한편, 두뇌 내 데이터베이스에서 적절한 정보를 검색해 끌어내는 것도 이 모드의 산물이라 할 수 있을 것이다. 죽음의 순간 '주마등'이 스치는 것은 두뇌가 과거의 경험에서 생존의 방법을 찾는 것이라고 하는데, 마감 때도 아이디어가 튀어나오는 것을 보면 역시 마감에는 죽음에 비견되는 절실함이 있다.

마감이란 단순한 '납품기한'이 아닌 것이다. 우리가 보고 듣는 많은 창작물은, 마감이라는 악덕업자에게 진 빚의 이자일지도 모른다. 다만 아무리 천재적인 결과물이 나올지라도, 항상 쫓기는 생활은 피폐하다. 언젠가는 지치기 마련이다. 창작을 직업으로 삼으려면, 어느 때고 결국 이 '죽음의 추격전'에서 벗어나야 한다.

마감에 쫓기지 않는 방법은 간단하다. 작업을 규칙적으로 생활화하면 된다. 세수할 때 얼굴의 더러운 부분을 찾고, 매 끼니 달라지는 반찬의 종류에 따라 조합해 먹듯, 생활은 발견과 창조의 연속이다. 거기에 슬며시 '작업'을 끼워 넣으면 된다. 대가들의 규칙적인 생활에는 생존 본능을 넘어선 지혜가 숨어 있다.

그리고, 나는 안다. 이러고도 또 한계까지 '존버'하겠지….

센스

©이범선

무심히 SNS의 타임라인을 넘기다가 눈길을 멈추게 한 사진 한 장.

나는 다른 것보다도, 이 라면집의 용을 형상화한 입체 간판이 눈에 들어왔다. 사실 용이라는 상상의 동물을 입체로 형상화한 것은 그리 놀라운 일은 아니다. 내가 유심히 본 부분은 용의 눈, 앞발, 그리고 전체적인 구성력의 센스, 이른바 '디테일'에 대한 것.

대학 시절, 우리 교수님은 참 유별난 분이셨다. 간혹 만화축제에 학교 부스를 낼 일이 있으면 준비 기간 동안 매일 두세 시간 이상씩 꼬박꼬박 잔소리를 들어야 했다. 콘셉트나 전시작에 대한 부분은 말할 것도 없고, 유독 피곤했던 부분이 '디테일'에 대한 것이었다.

예를 들어 전시작을 감싸는 아크릴 프레임의 마감에 대한 부분, 증정용 도록 또는 전단의 재단 상태와 본문 폰트 디자인, 심지어는 방명록용 필기구의 색이 부스 전체와 맞아야 한다는 것들이었는데… '아니, 그까짓 사인펜 아무거나 쓰면 되지!'라며 당시에는 진짜 죽을 만큼 피곤해하며 투덜댔지만, 그게 어떤 의미의 잔소리였는지 이제야 느낀다.

한번은 그가 나를 따로 불러 - 당시 아는 사람만 알던 - '김정기'의 그림에서 그가 그린 군인의 '군화 앞코'에 대한 잔소리… 아니 이야기를 한 적이 있다. 단지 '자세히' 그린 것이 대단한 것이 아니라, '안다'는 것이었다. 행군을 오래한 군인의 군화 앞부분이 어떻게 닳고 주름이 지는지 알고, 그걸 그려냈다는 것이었다. 당시 나는 그걸 그리는 사람이나 보는 사람이나 인간계가 아니라고 느꼈지만, 그런 디테일은 전문가가 아닌 사람들에게도 무의식중 시각적 포만감을 주는 것은 분명하다. 그 디테일이 센스다.

센스sense(사물의 미묘한 느낌이나 의미를 깨닫는 감각)는 관심과 경험에서 비롯된다. 관심과 경험은 알게 만들어주고, 알면 표현할 수 있다. 아는 것을 그리지 않고는 못 배기게 된다. 나중에 알았지만, 김정기는 특전사병 출신이었다.

다시 말하지만, 용을 입체로 구현하는 것은 그리 대단한 일이 아니다. 웬만한 간판집에서도 웃돈만 좀 얹어주면 다 할 수 있을 것이다. 그러나 카리스마가 넘쳐야 하는 용의 눈을 굳이 똥그랗게 만들거나, 앞발에 젓가락과 접시를 쥐어주거나, 벽을 들락날락거리게 만드는 20년 전의 감성은 현재에도 아무 업자나 시도할 수 있는 센스는 아니다. 물론, 이 라면집은 프렌차이즈이기 때문에 전문 디자이너를 고용한 결과물이겠지만 이를 먼저 제안하고 수용하는 것은 전적으로 본점 주인장의 센스라고 느낀다. 어떻게 그럴 수 있었을까.

오래전에 비해 '일제 물건'에 대한 동경이 옅어진 지금도, 가끔 지인이 출장을 갔다가 사오는 작은 일제 과자나 젤리 등의 포장을 유심히 보곤 한다. '일제'는 오밀조밀하면서도 '똑 떨어지는' 물건이 많다. 단지 내용물을 감쌀 뿐인 뜯으면 쓰레기가 되는 포장임에도, 손에 잡았을 때의 첫

촉감과 잘 뜯어지도록 세세하게 신경을 쓴 흔적이 드러난다. 이를 두고 흔히 일본의 '민족성'이나 '장인 정신' 운운하지만, 그렇게 뭉뚱그려 넘기기에는 왠지 아쉽다. 그들은 분명히 뭔가를 알았던 것이다. 어떻게 그럴 수 있었는지는 계속 알아볼 문제다.

어쨌든 그래서, 그림을 볼 때는 천천히 음미하며 디테일을 봐야 한다. 부분은 전체의 인상을 결정하며, 작가가 무엇을 경험하고 관심을 가지고 있고, 알고 있는지를 알 수 있기 때문이다. 그리고 그렇게 알게 된 것은 다시 관객의 센스가 되고, 비로소 고급문화의 토양을 이룬다.

말풍선

지금은 너무나 당연한 일이 되었지만, 한때 '폰트'가 찍혀 인쇄된 그림을 동경했던 시절이 있었다. 그림의 말풍선이나 여백에 손글씨가 아닌 인쇄체 글자가 있다는 것은, 그림이 출판사라는 전문 집단에 의해 공식적인 검증을 거쳤다는 증거였다. 이른바 '식자' 작업은 '프로'의 상징이자 공인받은 작가에게만 주어지는 특권이었던 것이다. 그래서 언감생심 대형 문구점에서 레터링 판박이를 사와 한 글자씩 붙여보고는 했던 추억.

그래서 포토샵에서 직접 말풍선 대사 작업을 하는 지금도, 왠지 문득문득 짜르르한 기분이 느껴질 때가 많다.

말풍선 | 종이에 수채 | 2001

가을의 미소 │ painter7 │ 2004

캘리그래피

　　대학강사 시절 매주 '채널'이라는 일종의 일기 과제를 내주곤 했는데, 그중 나를 가장 폭소하게 만들었던 것. 매일 밤샘하느라 얼마나 졸렸을지 짠하기까지 하다. 단지 의미전달용 기호가 쓰는 이의 감정에 따라 예술적 가치를 획득할 수 있고, 진심이 담겨 있어야 좋은 예술이라고 한다면 이보다 절절한 Calligraphy art가 또 있을까.

2. 마감썰

초상화

대학생 시절 놀이공원에서 초상화 알바를 한 적이 있다.

가장 인상적이었던 것은

미술과 인연이 없던 사람이, 내 그림을 받아들고 한참 보던 표정과 눈빛.

그래서 누군가를 그려주는 일은, 받는 일이기도.

즉석 디지털 초상화 | painter12 | 2019

라이브 초상화 | painter9 | 2008

의뢰인과의 소통

일러스트레이터가 클라이언트(의뢰인) 마음을 아는 건 어려운 정도가 아니라 거의 불가능한 일입니다. 몇 개의 단서와 키워드로 미루어 짐작할 뿐이지요. 예를 들어 '사랑'이라는 대중적인 단어 하나에 대해서도, 의뢰인과 작업자가 갖고 있는 시각적 이미지가 많이 다르니까요.

그래서 작업 전에 많은 소통이 필요해요. 좀 거창하게 말하면 의식을 미약하게 '동기화'하는 과정인데, 메일이나 전화로 의뢰해도 될 내용을 굳이 얼굴을 맞대고 하는 이유입니다. 글보다는 말이 단서가 많고, 말보다는 표정, 표정보다는 면전에 풍기는 분위기나 떨림에서 많은 정보를 알 수 있기 때문이지요.

그런 이유로 개인보다는 기업 의뢰가 참 까다롭습니다. 의뢰인이자 최종 결정권자(광고주)가 직접 미팅에 나오는 경우는 거의 없거든요. 더군다나 그런 사람과 소주잔을 앞에 놓고 시시콜콜한 대화를 통해 취향을 알아낼 가능성은 더욱 없으니, 이럴 때는 그냥 통속적인 표현을 하는 게 가장 안전합니다. 애초에 그런 걸 원하기도 하고요. 그러려면 일단 작업자의 주관적인 해석이나 욕심을 최대한 자제한 상태에서 레퍼런스(참고자료)를 최대한 많이 수집하고, 흐름이나 트렌드를 잘 파악해야 합니다.

그런데, 가끔 그런 생각도 듭니다.

만약 일러스트레이터가 의뢰인의 의도나 마음을 그렇게 잘 파악할 수
있는 능력이 있었다면, 애초에 그림이라는 소통 방법을 선택할 이유가 있
었을까?

수정 의견

‘더 그릴 곳이 없다’고 생각해 작업을 완결하면, 십중팔구는 가까운 독자나 의뢰인으로부터 수정 의견이 들어오기 마련이다. 당시에는 살짝 자존심도 상하고 짜증도 나지만, 막상 그 ‘완벽한’ 상태에 울며 겨자 먹기로 다시 손을 대다 보면 ‘안 고쳤으면 큰일날 뻔했다!’ 싶을 정도로 희한하게 훨씬 상태가 좋아지는 경우가 많다. 그렇게 소통을 통해 태어난 작품이 사람들로부터 칭찬을 받으면 저절로 얼굴이 붉어지고, 고개가 숙여진다. 나 혼자 만든 작품이 아니기 때문이다. ‘나’라는 불완전한 개인이 믿는 ‘완벽함’이란 얼마나 알량한 것인지, 곰곰이 생각해본다.

수정 전 작업(상)과 아들의 글씨와 그림을 넣어 수정한 그림(하)

앨범 재킷

Repair Shop #1

서른 즈음 처음으로 도전했던 재킷(음반 표지) 작업인 '리페어샵' 앨범
입니다.

홍대의 한 술집에서 스케치북을 펴놓고 멤버들과 같이 이런저런 제안
을 받아 적고 그리며 만들었던… 그래서 재킷을 보면 그때의 분위기가

생생하게 재생되어서, 개인적으로 참 좋아하는 그림입니다. 마치 '예쁜 회의록'이나 '그림 앙케트' 같은 느낌이 든다고 할까요.

지금 가만히 보면, '리페어샵'의 멤버들이 자신들의 음악과 가장 잘 어울리는 시각 콘셉트, 구도, 형태와 색채를 정확히 알고 있었다는 생각이 들어요. 그림쟁이의 입장에서는 참 고마우면서도 불편한 의뢰인인데, 그래서 인간적으로 친해지는 게 중요할 때가 있습니다. 그러나 그렇게 격 없이 훅 친해지기 쉬운 시기도 따로 있는 것 같고요.

사람을 만나고 친해지기가 참 쉽지 않아졌다는 생각이 들 때마다, 멤버들의 사인이 얹힌 CD를 꺼내 가끔 듣곤 합니다.

귀는 변하지 않나 봅니다. 노래는 그때나 지금이나 참 좋네요.

태극기

3·1운동 100주년 기념 앨범 재킷 의뢰를 받고 그림 안에, 당연히 태극기를 그려야 했다. 자료를 찾는 동안 개화기 이래 수없이 도안이 바뀌며 지금까지 오게 된 과정을 보았다. 태극기의 역사를 하나씩 훑으며, 그저 '그리기 까다롭다'고만 생각해왔던 그 형태 안에 언제나 굴하지 않고 역동차게 일어섰던 민중의 떨림이 서려 있음을 느꼈다. 나와 가족이 그 일원이라는 것도, 그리고 태극기의 역사는 지금도 계속 진행 중이라는 사실도.

의뢰는 곧 일이고 일은 곧 돈이지만, 어떤 의뢰는 만감 萬感 자체이기도 하다.

3·1운동 및 대한민국 임시정부 수립 100주년 기념 음반 '민국民國'을 위한
표지 작업, Together, KOREA | painter12 | 2019

Together, Korea | painter12 | 2020

선배와 선생

나보다 먼저 같은 길을 걸어가본 사람을 '선배'
그 길에서 깨달음을 얻은 사람을 '선생'이라고 부른다.

선배는 구구절절 '경고'를 해주지만,
선생님은 한마디로 '울림'을 전해주신다.

경험자를 선배로 대하느냐, 선생님으로 모시느냐는 전적으로 학생의
판단이겠지만,

학생도 아무나 될 수 있는 것은 아닌 것 같다.

인물 드로잉 | ibis paint | 2009

화가와 모델

살다 보면 마음먹은 대로 일이 풀릴 때보다, 그렇지 않을 때가 더 많다고 느낍니다. 그럴 때마다 '내 인생은 왜 이 모양일까' 낙담하기도 쉽죠.

전기 기술자 시절 커다란 감전 사고로 양팔을 절단해야만 했던 '석창우' 화백의 심정은 말할 것도 없었겠지요. 그러나 그 이후 도대체 그로 하여금 보통 사람은 상상도 못할, 화가의 길을 걷게 만든 동력은 무엇이었을까 궁금했습니다.

제가 출강하던 수업에서 석창우 화백이 특별 시연을 하시기로 약속했던 날의 일입니다. 원래의 계획은 실제 모델 드로잉이 아니라 선생님이 준비하신 무용 동영상을 재생시켜놓고 시연을 하기로 했었기 때문에, 원래 예정되어 있던 누드 모델을 취소했었습니다. 그런데 동영상을 보내주기로 한 쪽에서 준비가 덜되는 바람에 전날 저녁에 급히 부랴부랴 다시 모델 섭외를 해야 했는데, 하필 석 화백의 전속 모델분이 다른 일정을 만드는 바람에 하릴없이 시간이 되는 모델을 무작정 기다릴 수밖에요. 자칫 모델이 안 올 수도 있는 상황. 모처럼 어렵게 마련한 중요한 시연인데 일이 꼬이니 한 주만 미뤘으면 싶기도 했지만, 화백님의 스케줄 상 그럴 수도 없었지요.

화가와 모델 | ibis paint | 2020

다음날, 급히 섭외되었지만 평소와 같은 드로잉 시간인 줄 알고 실기실에 들어선 모델은 많은 인원과 수 미터에 이르는 화선지, TV에서만 봤던 유명한 팔 없는 화가를 보고는 내심 놀랐던 모양입니다. 모델은 누가 보기에도 최선을 다해 포즈를 취했고, 어지간해서 땀을 흘리지 않는다던 화가는 모델의 노력에 보답이라도 하듯 굵은 땀방울을 뚝뚝 떨어뜨리며 모델을 그려내었습니다. 마치 고요한 폭풍과도 같았던 시연이 커다란 박수와 함께 끝난 후 화가는 모델에게 더할 나위 없는 만족과 경의를 표했고, 모델분은 석 화백님께 "모델로서 언젠가는 꼭 함께 작업해보고 싶었다"라며 고백하셨다더군요.

대한민국에는 수많은 화가가 있고, 수많은 모델이 있으며, 수많은 장소와 시간이 교차합니다. 만약 시연이 한 주만 미뤄졌다면, 동영상이 준비가 되었다면, 선생님의 전속 모델이 급한 사정이 생기지 않았다면 마치 드라마와 같은 인연의 끈이 이어질 수 있었을까요?

어쩌면 모든 사건과 만남은 그렇게 말도 안 되는 확률의 기적일지도 모릅니다. 뒤풀이 자리에서 석 화백님은 제게 나지막이 말씀하셨습니다.

"거 봐. 간절하면 어떻게든 결국엔 이루어지게 돼 있는 거라니까."

경험썰

3

"아무것도 없는 상태에서 무언가를 만든다는 건
너무 막막하고 고통스러운 일이야.
그래서 일단은 엉성하게나마 형상을 만드는 것이 중요해.
무에서 유를 창조하는 것보다는,
어설픈 무언가를 다듬고 고치는 게 훨씬 쉬우니까."

가끔 제가 제게 하는 말입니다.
작가도 사람인지라 주변의 정갈한 삶을 동경하곤 하지만,
엉성한 생활의 흔적도 나름 앞으로의 삶에 좋은 재료가 되는 법.

실패담

저는 꼬꼬마 시절 사설유치원 낙방을 시작으로

사설초교 낙방 1회(경쟁률 높음)

예고입시 낙방 1회(밀려 쓴 답안지, 소심해서 바꿔달라는 소리를 못 함, 실기 포기)

각종 미술공모전 낙방 5회(초·중·고 통틀어 입상 1회 '장려상')

대학입시 낙방 3회(한 번은 자다가 면접 순서를 놓쳐 떨어졌음)

2종 보통 운전면허 낙방 11회(필기 4회, 실기 7회)

해병대자원 낙방 5회를 겪었고(운 없음)

군 시절 그 흔한 포스터 대회 포상휴가 한 번을 받지 못했죠.

제대 후 참여한 3개의 야심찬 게임 프로젝트는 모두 대작에 밀려 사라졌고,

연재를 시작하려던 4개의 만화잡지는 때마침 폐간을 맞았으며

혼자서 5년에 걸쳐 죽어라 그린 만화는 출간 시기를 한참 놓쳐 공개가 불투명합니다.

글을 쓰면서 생각나는 건 이 정도인데,

이외에도 크고 작은 고배의 예를 대라면 수도 없어요.

지금도 제 의지와는 상관없이 약 10번의 시도 중 7~8번은 무산되거나, 실패합니다. 제 하드에는 그래서 공개할 수 없는 그림이 잔뜩 쌓여 있습니다.

그래서 전 합격보다는 낙방, 성공보다는 실패가 더 익숙해요. 하지만 넘어질 줄 아는 사람의 발걸음이 더 여유로운 법이죠.

그러나 넘어지는 방법을 아는 것보다 더 중요한 건, 자신의 목적지가 어딘지 잊지 않는 것이라고 생각합니다.

2 대 8 법칙

————

'실패담'에서도 언급했지만, 나름 20년 동안 프리랜서 일러스트레이터를 하면서 습득이 된 것 중 하나는, 10번 일을 하기로 하면 꼭 7~8번은 미끄러진다는 거다.

신나게 시작한 프로젝트가 갑자기 취소되는 건 다반사고, 막판에 광고주 마음이 바뀌는 바람에 사진으로 대체되거나, 그놈의 '회사 내부 사정'으로 인해 결제가 끝도 없이 미뤄지다가 흐지부지되거나, 의뢰 문의를 구체적으로 해놓고 잠수를, 또는 이중저작권 문제로 무기한 대기를 타거나, 방향과 수위 조절을 잘못하는 바람에 폐기되거나, 작업물 자체가 도무지 내 맘에 안 들어서 기껏 그려놓고 슬그머니 감춰버리거나… 계약서와는 상관없이, 개운하게 끝나는 적이 별로 없다. 이럴 때마다 기운은 빠지고, 속이 무지 쓰리다(엊그제도 위에 해당하는 일이 하나 생겼다). 비록 작업료는 챙겨도, 술 생각이 안 날 수가 없다.

인터넷에 시크한 척 올리는 그림은, 개인 습작이거나 나머지 '두세 번'에 해당하는 그림이다. 그래서 난 개인적으로 이걸 '2 대 8 법칙'이라고 부르는데, 겨우 2할 타율이라면 얼핏 굉장히 비효율적이고 낭비가 심한 일 같지만, 나머지 8을 '실패'로 규정짓지는 않는다. 왜? 에스키스든 콘티든 미완성작이든 어쨌든 실제 결과물이 남기 때문이다. 새 작업을 앞둔 그림쟁이 눈앞에, 내 과거의 실수가 실존한다는 것은 새까만 어둠 속에서 손전등을 들고 있는 것과 마찬가지다. 그래서, 그림은 찢거나 삭제하면 안 된다. 그 결과물은 실패작이 아니라 진행작이고, 흑역사는 훌륭한 연료가 되기 때문이다.

흑역사

오래전에 무척 좋아했던 가수가 있다. 한번은 그 가수가 한 라디오에 출연해서는 자신의 데뷔 앨범을 돌아보는 시간을 가졌는데, 듣는 이가 민망할 정도로 부끄러워했다. 나는 그 이후로, 그 앨범을 듣는 것이 조금 불편해졌다.

포스터 작업 | Painter6.1 | 2001

자신의 전작들이 부끄럽다는 건, 그만큼 여러 가지로 진보했다는 증거일 것이다. 그러나 그런 자조적인 류의 셀프디스는 그 전작을 좋아하고 아꼈던 이들을 배려하는 자세는 아니라고 생각한다.

요즘 작업하면서 이런 저런 그림방송을 자주 시청하는데, 자신의 예전 그림을 '흑역사'나 '쓰레기'라고 지칭한다거나, '다신 꺼내보지 않는다'고 자랑스레(?) 말하는 BJ들을 가끔 만난다. 무슨 의미인지는 잘 안다. 그러나 이는 결과적으로 당시 가치를 지불하고 그 그림을 사용한 업체나, 간직하고 있는 독자들의 안목을 비웃는 행위와 다르지 않다는 얘기다.

어린 아들이 가끔 혼자 신발을 신거나, 장난감 블록을 맞추기 위해 끙 끙대는 모습을 물끄러미 보곤 한다. 나도 그런 시절이 있었다. 어설프고 답답할지언정 그 기억이 '흑역사'가 아닌 것은, 나름대로 여러 고민과 연구를 거치며 최선을 다했기 때문이다. 그 시절의 나를 바보로 만든다고 해서, 지금의 내가 천재가 되는 것은 아니다.

불혹의 징후

40대 중년을 뜻하는 불혹不惑은 한자 그대로 풀이하면 '미혹되지 않는다', '무엇에 홀리거나 헷갈려 판단을 흐리는 일이 없게 되다'라는 뜻이다. 쉽게 말하면 '흔들리지 않는다' 정도의 의미일 것이다.

이는 뒤집어 생각하면 마흔 이전에는 '흔들리기 쉽다'는 얘기다. 작은 자극에도 마음을 빼앗겨 혹惑하기 쉽고, 그만큼 가치관이나 줏대가 바뀌기도 쉬운 상태다.

공자가 마흔에 이르러 이 원리를 스스로 깨달았다고 하는데, 굳이 공자 같은 성인이 아니더라도 자신이 '불혹'이 되었음을 실감하는 계기가 한두 번쯤은 있지 않을까. 내 경우는 '소주'였다.

내 40세는 한참 분에 넘치는 해부학 책을 탈고할 시점이었는데, 스트레스가 극에 달해 있던 때였다. 하루는 소주를 마셨는데, 너무 달았다. 달게 느껴진 것이 아니라, 정말 맛이 달았다. 그래서 소주의 성분 목록을 유심히 살펴봤다. 혹시 사카린이나 아스파탐 같은 단맛 성분이 많은가 싶어서였다. 이전에도 술을 즐기긴 했지만, 안주가 아닌 술 자체가 '달다'거나 '맛있다'라고 느낀 적은 별로 없었기 때문이다. 그 이유를 곰곰이 생각하다가 '불혹'이라는 단어에 이르렀던 것이다. 사실 '흔들리지 않는다'는 뜻풀이는, 이미 불혹을 오래전 지나친 한 그림쟁이 선배의 술자리 귀띔이었다.

사람은 다세포 동물이다. 세포는 분열을 하거나 소멸된다. 소멸보다 분열이 많아 세포가 증가하는 성장 시기는 왕성하게 흔들리고 꿈틀대느라 틈이 많다. 마치 자갈이 가득 찬 병에 모래를 채워 넣을 때 흔드는 것처럼. 그래서 신선한 정보를 끼워 넣기에 적합하고, 새로운 자극체인 친구를 사귀기에 유리하다. 그러나 세포의 생장에 방해가 되는 이물질이나 독성물질에는 민감하다. 성장기에는 '쓴맛'에 민감한 이유다(그러나 성장기에도 쓴맛이 덜한 때가 있는데, 극도의 피로로 몸이 제 기능을 하지 못할 때이다).

그러나 영원하지는 않다. 어느 시점이 되면 세포 분열이 눈에 띄게 줄어든다. 떨림이 줄어드니 틈이 좁아져 배우기보다는 축적된 지식을 풀어놓기에 적합한 반면, 보수적이 되며 인간관계가 좁아지는 경향이 있다. '동지'는 몰라도 '친구'를 만들기는 어렵다는 얘기다. 독성물질을 감지하는 기능도 현저히 떨어진다. 새로 태어나는 세포보다, 죽는 세포가 더 많아지기 때문이다. 소주의 '쓴맛'이 느껴지지 않는 시점. 빼박 '노화'의 시작이다.

아직 새파란 불혹 중반에 이르러 이런 글을 쓰는 것이 어른들께 좀 죄송하기도 하지만, 그 사실을 깨달을 순간 불현듯 마음이 급해졌던 기억이 난다. 뒤늦게나마 놀아야 했기 때문이다. 그러나 쉽지 않았다.

'노세 노세 젊어서 노세/늙어지면 못 노나니'. 늙어지면 못 노는 이유는 몸이 기능을 못 해서 또는 힘이 없어서도 그렇겠지만, 나와 다른 생각을 가진 이들과 유기적으로 섞이기 어려워지기 때문이다. 그래서 성장기의 옛 친구와 더 이상 쓰지 않은 소주를 나누는 것이 점점 유일한 낙이 되어버린다.

노는 시기에는 많은 것이 용서된다. 성장기의 불완전한 특성이 양해되니까. 그러나 놀이도 정량보존의 법칙이 있다. 흔들릴 때 흔들리지 못하고 놀아야 할 때 놀지 못하면, 뒤늦게 보상심리가 작동해 엉뚱한 언행과 놀이를 하게 된다(놀고 있네~ 라는 조롱을 언제, 왜 하는지 생각해보자).

흑역사가 별다른 게 아니다. 제 시기에 맞지 않는 언행을 하고 얼굴을 붉히며 이불을 차는 일이 반복되면 그것이야말로 진정한 흑역사의 축적이 된다. 이미 성장기를 지나버린 동지들에게 '놀자'고 말하긴 어려워졌지만, 그동안 쌓은 이야기와 소주를 나누는 낙은 포기하지 말자고 얘기하고 싶다. 쩝…

감정의 표현

술을 마시면 평소에 억눌려 있던 감정의 영역이 확대가 되는데, 그 영역은 보통 언어로 표현이 되지 않는 부분이다. 우리는 감정의 역할을 최대한 절제하는 것이 미덕인, 이성이 중시되는 세계에 살고 있기 때문이다. 일반적으로 '감정적'이라는 단어가 어떤 의미로 쓰이는지 생각해보면 쉽게 알 수 있다.

이를테면 '계획'이라는 이성적 개념을 표정이나 몸짓으로 표현하기 어렵듯, 감정은 이성과 아주 다른 영역이기 때문에 표현이 서툴면 폭력과 기행으로 변환되기 쉽다. 어떤 아이들은 좋아해도 때리고, 싫어해도 때린다. 그들은 '때린다'는 행위 외에, 물리적으로 감정을 전달하는 방법을 떠올리기 쉽지 않다. 그리고 그것은 대안을 고민하지 않고 어른으로 자라난 이들도 마찬가지다.

다채로운 감정을 가급적 다양한 이성의 언어로 치환하고, 표현하는 방법과 그를 아이들에게 가르치는 방법에 대해 끊임없이 고민해야 한다. 더군다나 감정을 표현하는 직업일수록, 이성적 화법을 의무적으로 공부해야 할 필요가 있다.

그리고 이런 것은 대부분 배우자와 함께 술을 마시며 깨닫는다.

하면 된다

군 제대 후 서양화과를 자퇴하고 영상만화과에 입학해서 '칸만화 제작'이라는 수업의 과제물로, 꼬박 한 학기에 걸쳐 허세와 고뇌와 담배 찌든 내음이 가득한 '노르웨이의 숲'이라는 8페이지의 만화를 그렸더랬다. 물론 보통 잡지 연재 분량에 비교하면 코딱지 수준이었지만 딴에 그게 '최대치'라고 생각했고, 칭찬받았다.

그걸 여름방학 만화축제 때 대학 만화관에 전시를 했다. 한 매체로부

단편 '어떤 이별' 중 | 종이에 수채 | 2002

터 연재 제의를 받았는데, 격월간으로 그려줄 것을 요구받았다. 말도 안 된다고 생각했다. 6개월 작업량을 2개월로 줄여달라니! 그래도 부푼 데 뷔의 꿈은 이기지 못했다. 계약서에 도장을 찍고, 60일 중 약 50일 동안을 걱정하며 고민했다(50일 중 30일은 술자리였다). 그러고는 마감을 불과 3~4일 앞두고 그려냈다. 스스로 놀랐다. 사람은 간사해서, 미쳤는지 두어 달 지나 만화를 하나 더 하게 됐다. 연재라는 걸 해보기 전에는 당연히 불가능한 일들이었다.

뭐든 하기 전이 가장 무섭다.

겪어보지 않은 일에 대해 갖가지 부정적인 케이스를 끌어모아 대처법을 구축하는 것은 인간의 당연한 생존 전략이기 때문이다. 그래서 막상 겪고 나면 만만해진다.

그러니, 쫄지 말고 그냥 하면 된다.

특강의 추억

―――――――

그동안 별별 특강을 다 했었는데, 가장 기억에 남는 특강 best 3.

1. 호남 지역 미술대학 회화과 교수님들 앞에서 '페인터로 그리는 인물화' 특강.

    한참 페인터 프로그램 프로모션 차 전국을 떠돌던 서른 초반 때. 정말 '번데기들 앞에서 주름잡는' 심정이라, 덜덜 떨면서 실시간으로 연예인 초상화를 그렸던 걸로 기억하는데, 교수님들 대부분이 주무셨습니다. 교수님들도 학생 입장이 되면 별다를 게 없다는 걸 깨달음.

2. 서울 경찰청 강력반 형사들 200명 앞에서 '인물 몽타주 그리기' 특강.

    말 그대로, 그림과는 관계없는 무시무시한 형사분들 앞에서 '범죄형 얼굴 그리기' 드립 발사. 의외로 수업 열기 최고였음. 특강 끝나고 며칠 후 어떤 형사님이 전화하셔서(잘못한 것도 없는데 심쿵!) 저화질 CCTV에 찍힌 인천 지역 보석상을 턴 승합차 번호판을 판독해달라는 요청을 하셨습니다. 오죽 답답했으면 제게 다 연락을 하셨겠냐, CSI가 된 기분이었음. 지금 생각해보면 더 아찔한 것은 '범죄형 얼굴'이라는 게 따로 없다는 것.

3. '대한체질인류학회'의 전국 해부학 박사님들 앞에서 '캐릭터 일러스트레이션 제작 과정을 통해 바라본 미술해부학의 응용' 특강. 가장 무서웠던 특강이었습니다. 말로만 듣던 의대 학회라는 것도 처음 구경하는 마당에 발표까지 해야 돼서 속으로 엄청 떨었는데 시연 도중 결국 노트북이 멈춰버리는 사태가 발생해 머리 회로 멈춤. 질문이 들어왔는데 엉뚱한 대답을 할 정도로 정신줄을 놓아버렸던….

이후로는 누구를 대상으로 하든, 무슨 주제의 특강이든 별로 안 떨립니다. 신고식이 가혹해야 하는 이유가 있더군요.

내 모습

서른 중반 때쯤 한 문화행사에서 특강을 한 적이 있다. 한 시간쯤 정신 없이 떠들고 있는데 맨 앞줄의 어떤 분이 대뜸 손을 들더니 '그래서, 그림 은 대체 언제 그릴 거냐'고 역정을 내셨다. 티는 안 냈지만 심히 당황스러 웠다. 그날 강연은 그림 그리는 기술에 대한 내용이 아니었기 때문이다. "일러스트레이션의 역할과 의미"라는 강연 주제를 상기시키고 다른 청중 분들의 중재와 만류로 일단락되긴 했지만 이미 말린 후였다. 남은 시간 내내 횡설수설했던 기억이 난다.

당황스러운 기억이지만, 한 가지는 확실히 남았다.

남에게 보여지는 내 모습은 결국 내가 쌓아온 모습이라는 것. 관객들 이 내게 원하는 역할과 기대하는 것이 뭔지, 그것이 '내가 하고 싶어 하는 것'과 충돌하는 것은 아닌지, 혹여 그 현상을 '불합리'나 '억압'이라고 생 각하고 있는 것은 아닌지 문득문득 되돌아보게 된다. 아마 지금 준비하는 작업도 마찬가지 영역일 것이다.

그 역정을 내던 아저씨는 강연 후에 '미안하다, 시야가 짧았다'며 악수 를 청하고는 후다닥 사라졌다.

3. 경험썰

나도 가끔 그 아저씨에게 미안하다. 연락처를 알려주셨으면 유튜브 방송이라도 해서 보여드렸을 텐데….

히익

일요일 저녁에 한 예능 프로를 보다가, 문득 '히익'이라는 감탄사가 내뱉는 '날숨'이 아니라 마시는 '들숨'으로 나오는 소리라는 걸 깨달았습니다. 예를 들어 우리가 뭔가를 보고 놀랐을 때(무지 큰 생일 케이크이라든가…) 나오는 소리. 근데 이걸 항상 만화에서 글자로 봐오니 뭔가 변태스러운 감탄사로 보였단 말이죠.

전 실제로 '히익'이라고 내뱉어 말하는 오덕 친구를 본 적이 있습니다. 그때는 어떻게 저 감탄사가 의식적으로 나올 수 있는가 신기했는데, 한동안 '아기공룡 둘리'의 길동이처럼 '에퓽!'이라고 재채기를 했던 중2 시절의 저를 떠올려보면 그리 새삼스러울 일도….

뻐렁치다

초등학교 때 음악시간에는 단소나 리코더 외에도 동요를 외워 부르는 가창 시험이 있었는데, 아직도 기억나는 시험 곡목은 '푸른 잔디'.

풀냄새 피어나는 잔디에 누워/새파란 하늘가 흰 구름 보면/가슴이 저절로 부풀어 올라/즐거워 즐거워 노래 불러요

문제는 '가슴이 저절로 부풀어 올라'라는 대목이었다. 가뜩이나 짓궂은 초딩들에게 묘한 상상을 불러일으켰던 것이다. 모두 그 부분이 나올 때마다 숨죽여 킥킥댔는데, 결국 잔뜩 긴장한 부반장 여자애가 부를 때 터졌다.

너무 긴장해서인지, 순간 가사를 잊어서 그랬는지 달달 떨리는 가느다란 목소리로 이렇게 부르는 것이다.

"가아슴이~ 뻐렁~ 쳐~ 올라~~"

애들은 물론이고 선생님까지 빵 터져서 모두 침을 질질 흘릴 정도로 한 참을 웃어댔다. 세상에 듣도 보도 못한 말, 뻐렁쳐가 뭐야 뻐렁쳐가!!

이후 부반장의 별명은 '뻐렁쳐'가 되었고, 부반장은 얼굴을 붉혔다.

30년 정도가 지났는데, 뜬금없이 그 일이 떠올랐다. 슬며시 혼자 웃었다. 혹시나 싶어서 '뻐렁치다'라고 검색을 해봤다.
그런데…

뻐렁치다: 가슴이 두근두근 뛰고, 마음을 주체할 수가 없다.

진심 소름, 다시 보니 오픈 국어사전에 등재되어 있는 단어였다. 비록 표준어가 아니라고는 하지만 모 연예인도 이 단어로 유명해진 전례가 있어서, 이미 많이 쓰이고 있는 사투리 내지는 속어 정도였던 모양이다. 내가 몰랐을 뿐.

무엇인가에 대해 잘 알지도 못하면서 비웃는 것만큼 뻘쭘하고 부끄러운 일도 별로 없다.

획의 기본

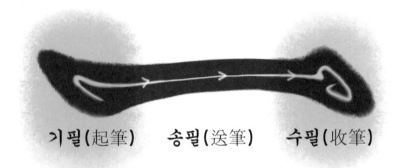

기필(起筆)　　송필(送筆)　　수필(收筆)

한참 학원 붐이 일던 80년대 중반. 초3 때인가, 1년 정도 집 앞의 서예 학원에 다닌 적이 있다.

벼루에 먹을 정성스레 갈고, 격자로 접은 화선지에, 한 일一 자만 꼬박 3개월을 썼다. 그야말로 하얀 화선지를 쓰레기로 만드는 작업의 연속이었다. 어느 날 머리가 하얗게 새신 원장님이 칭찬과 함께 다음 단계로 넘겨주셨는데 두 이二 자….

그래도 일단 한 번 단계를 넘기고 나니 열 십十 자까지는 두어 달 정도 걸렸다. 그런데 그게 너무 재미가 없어서 집에서 울었다. 원장님은 그 말씀을 들으시고는 제법 난이도가 있는 이 시틆 자를 하사하셨다. 그러나, 그마저도 금방 질렸다.

나도 뭔가 멋진 고사성어나, 하다못해 '용龍' 자 같은 멋진 한자를 쓰고 싶었다. 그러나 원장님은 한사코 '기다리라'고만 하셨다. 결국 1년을 못 채우고 학원을 그만뒀다. 한동안은 서예학원을 피해 빙 돌아다녔다. 어린 마음에, 서예학원에 다녔던 그 시간들이 아깝기까지 했다.

그런데, 그 1년의 위력은 실로 대단한 것이었다.

고등학교 때 '붓펜'이란 것이 나왔는데, 깜짝 놀랐다. 난 글씨를, 궁서체와 한자를, 심지어는 영어의 필기체마저 꽤 잘 쓸 수 있었다! 그렇다. 난 '공부는 못하지만 글씨는 잘 쓰는 놈'의 표본이었다.

알 수 있었다. 많은 걸 빨아들이는 열 살의 몸에 획의 기본이 몸에 새겨진 이유였다. 말 그대로 '본능'이 되어버린 그 기본기는 내 작품집의 제목을 직접 쓰고(또는 그리고) 디자인하거나 폰트를 선택하는 기준이 되는 것은 물론이고, 이미지의 균형을 판단하는 잣대나, 빼어난 기술을 보며 입체적으로 '감상'할 수 있는 안목으로 작용하고 있다. 아, 이 책의 제목을 직접 쓸 수 있었던 객기도 그 덕분일 것이다.

가끔, 원장선생님이 생각난다. 워낙 오래전이고 머리가 나쁜 탓에 성함조차 기억 못 하지만, 그 넉넉한 미소는 흰 종이 위의 획처럼 선명하다.

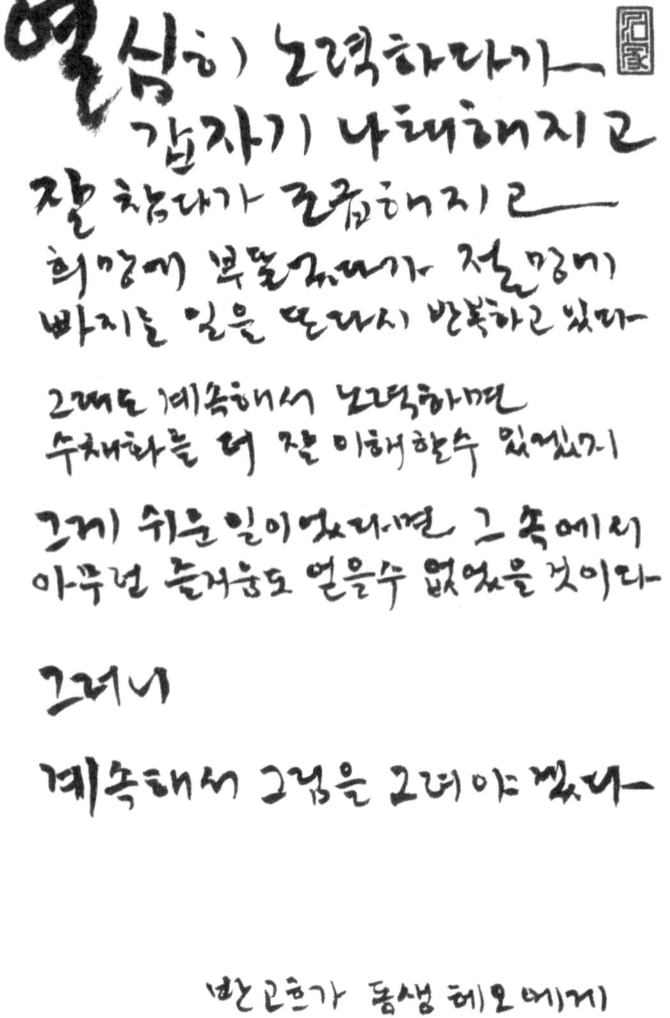

열심히 노력하다가
갑자기 나태해지고
잘 하다가 교만해지고
희망에 부풀었다가 절망에
빠지는 일을 또다시 반복하고 있다

그래도 계속해서 노력하면
수채화를 더 잘 이해할수 있겠지

그게 쉬운 일이었다면 그 속에서
아무런 즐거움도 얻을수 없었을 것이다

그러나

계속해서 그림은 그려야 겠다

반 고흐가 동생 테오에게

캘리그래피 | 종이에 먹 | 2017

여행을 떠나요 | painter9 | 2013

치킨 단상

간만에 옆 동네 사거리의 단골 치킨집에서 소금구이를 사다 먹었는데, 예전에 먹던 맛이 아닌 정도가 아니라 누가 먹어도 냉장고에 한 3일 박아 놓았던 먹다 남긴 치킨을 전자레인지에 돌린 맛이다.

웬만하면 참고 먹으려다가 그래도 단골인데, 도저히 이건 아니다 싶어서 차를 몰고 생전 처음으로 컴플레인하러 감. 맨날 허허대기만 하다가 정색하고 따지려고 마음의 준비를 하고 다시 보니, 주인장이 내가 알던 씩씩한 아줌마 아저씨가 아니다. 여기 주인 바뀌었냐고 물어보니 아줌마는 머뭇거리는데 아저씨가 덤덤하게 그렇다고 하심.

…

사람끼리 가게를 넘기고, 받고, 팔고 사는 것이야 새삼스러운 일은 아니지만 가끔 닭 한 조각으로 위안받던 사람들 입장에서는 이렇게 또 단골집 하나를 잃는구나 싶어서 서글프기도 하고, 아직 익숙지 않을 뿐인데 심히 당황하는 아주머니에게 좀 미안하기도 하고….

그래도,
먹어보자 일단.

포즈의 기술

　지금은 안(못) 하지만, 자료수집 핑계로 한참 관절 피규어와 프라모델을 모으던 때가 있었다. 그러다 보니 맨날 하는 게 남의 수집품 진열장 구경하는 거였는데, 어느 순간 묘한 궁금증이 들었다.

　분명 같은 제품인데 진열장에 있는 게 어색할 만큼 기가 막히게 자연스럽게 서 있는 아이들이 있는가 하면, 아무리 사실적이고 화려한 도장과 커스텀으로 치장을 하고 있어도 그냥 '장난감' 내지는 '인형' 같은 아이들로 구분되는 이유가 뭘까….

바로 '포즈 잡기'였다. 비단 거창한 파이팅 포즈나 점프, 뒤돌려차기 같은 아크로바틱을 하지 않고 그냥 가만 서 있기만 해도 감탄이 나오게 하는 스킬은, 아무리 많은 피규어나 고가의 에디션을 소장하고 있는 것과는 별개의 고유한 내공이었다고 생각된다. 그건 마치 어떤 물건의 미세한 무게 중심을 잡아 모서리로 세우는 섬세한 작업과 같아서, 특정 센스를 타고 나든 날카로운 시선으로 오래 갈고 닦든지 해야 겨우 발현될까 말까 한 고유 기술에 가까웠다(초등학교 시절에도 그런 친구가 몇몇 있긴 했다). 그래서 한참 흉내 내본다고 열중했던 시절의 사진인데, 역시 그 경지에 이르지는 못했다.

요즘은,

가만 서 있기만 해도 포스를 풍기는 기술을 연마하는 것이 어디 인형에게만 중요한 일인가 싶다. 아무리 학력으로 치장하고 빛나는 자리에 앉아 있어도 먼지 앉은 인형보다 못한 사람들이 너무 많으니….

어려우니까

늙지 않는 사람들의 특징.

어린 아들의 옹알이를 알아듣는 것.

쉽지만은 않은 퍼즐 게임을 놓지 못하는 이유.

보기만 해도 피곤한 복잡한 사진을 따라 그리기.

어려우니까, 재밌는 거야.

남포동 시장 사진 모사작 | Painter7 | 2008

게임에서 배운다

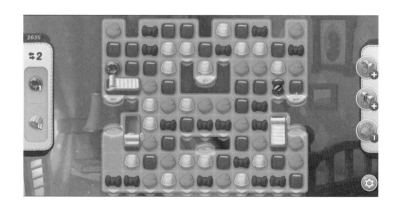

저는 게임을 즐기지 않는 편이지만 블록이나 캔디를 세 칸 이상 맞춰 없애는 퍼즐 게임(3피스 퍼즐)은 자주 붙잡고 있곤 합니다.

하루에 한 번 이상, 3~4년 정도를 플레이하다 보니 나름 느껴지는 게 있더라고요. 어쩌면 세상의 축소판이 아닐까 생각될 때가 많아 정리해봅니다.

1. 행운이 꼭 좋은 것만은 아니다.
2. 스테이지마다 요구되는 조건을 파악하는 게 중요하다.
3. 전혀 상관없어 보이는 부분이 해결의 실마리가 되기도 한다.

4. 안 될 때는 뭘 해도 안 되지만, 될 때는 뭘 해도 된다. 즐기자.

5. 현질이 만능은 아니다. 현금 아이템으로 클리어하면 허탈하다.

6. 아끼다 똥 된다. 능력과 행운은 아낄 필요가 없다.

7. 코앞이 아니라 항상 큰 그림을 먼저 보자.

8. 장난치다가 게임은 끝난다.

9. 무조건 '열심히만' 한다고 다 되진 않는다.

10. 한 템포 느리게. 한 번 결정한 선택은 되돌릴 수 없다.

11. 잘못되어 보이는 선택이라도, 어떤 결과로 이어질지는 모른다.

12. 힌트에 현혹되지 말 것. 꼭 정답을 알려주지는 않는다.

13. 아무리 철저하게 계획을 세워놓아도, 절대 맘처럼 되진 않는다.

14. 특히 물고기는 어디로 튈지 모른다. 도와준다는 이를 무조건 믿지 말 것.

15. 스테이지는 공평하지 않다. 그러니 클리어의 승산이 없을지라도 끝까지 즐기기.

16. 가망이 없어도 끝까지 포기하지 않으면, 뜻하지 않은 연쇄반응이 일어나기도 한다.

그리고 마지막,

17. 나보다 내 와이프가 훨씬 고수다.

퍼즐 게임

욕심을 내어 잘하려고 노력하면 할수록 이상하게 미궁으로 빠지고, 엉킨 문제를 풀려면 풀수록 자꾸 더 꼬이기만 해서 처리불능의 상태가 되어버리기 일쑤가 됩니다.

하지만 언제나 희망은 있습니다.

꼭대기까지 문제가 쌓여 포기 직전의 상태가 된다고 해도 실낱 같은 희망의 끈을 놓지 않고 차가운 머리로 끝까지 버티다 보면 생각지도 못한 행운의 요소 하나가 한순간에 문제를 해결해주기도 하지요.

그렇다고 해서 그런 행운의 시기가 무조건 좋은 결과만을 가지고 오는 것은 아닙니다. 기약 없는 행운만을 기다리다가 이전에 처리해야 할 일들을 잘못 쌓아버려 더 큰 불행을 가지고 오게도 합니다.

무조건 깨끗하고 완벽하게 처리하려고 하면, 그런 모습을 비웃기라도 하듯이 전혀 예상치 못한 문제가 찾아오기도 하고, 때로는 그 예상치 못한 문제가 오히려 아주 유용한 해결의 실마리가 되기도 합니다.

정신없이 폭풍처럼 몰아치는 시기가 있는가 하면, 한숨을 돌리고 전체를 바라볼 수 있는 여유가 찾아오기도 하고요. 힘들다고 해서 실망해서도 안 되고, 편한 시기라고 해서 긴장을 늦출 수도 없습니다. 눈 깜짝할 새에 상황은 뒤바뀌니까요.

절대 해결될 것 같지 않던 문제가, 다른 문제들을 차근차근 풀고 있다가 보면 어느새 흔적도 없이 사라져 있기도 합니다.

정말 불가능할 것 같았던, 내가 다가설 수 없을 것만 같던 그런 힘들고 어려운 시기가 시간이 지나고 나면 아무렇지도 않은 보통 이하의 난이도로 흥얼거리며 즐길 수 있게 되죠.

겪으면 겪을수록 점점 깨닫고 느끼는 바가 많아, 플레이할 때마다 점점 최고 기록은 올라갑니다.

이것은, 삶에 관한 이야기이기도 합니다.

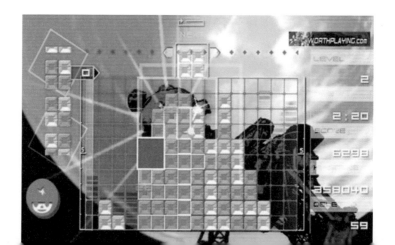

깽판의 이유

　나는 카드놀이를 배우지 못했다. 룰은 대충 알아도, 져서 무언가 손해
보는 게 싫어서 짐짓 외면했기 때문이다. 그래서 쉬는 시간 삼삼오오 모
여 카드를 즐기는 친구들을 볼 때면 괜히 어깃장을 놓고 싶은 욕구가 들
곤 했다.

　스타크래프트 광풍이 불었던 세기말에도, 나는 그걸 배우지 못했다. 내

인식에 전자게임은 키보드와 마우스가 아닌 '조이스틱'으로 해야 하는 것이었기 때문이다(진짜다). 그래서, 친구들이 스타를 할 때면 PC방 아래층 호프집에서 혼자 맥주를 홀짝이며 기다리곤 했다.

당구도 그랬다. 당최 재미있어 보이지가 않았기 때문이다(공으로 공을 맞추는 놀이라니! 유치하긴). 그래서 술 한잔 걸치고 당구장에 가자고 선동하는 친구를 제일 미워했었다. 어쩔 수 없이 끌려가서는, 당구장 소파에서 하품이나 하며 중얼거리곤 했다. "진짜 재미없다."

일련의 일들이 반복되자, 어느 순간 진지하게 화딱지가 나기 시작했다. 쓸데없고 돈도 안 되는 걸 왜 저렇게 열심히 할까!

아! 웃긴 건, 한 번씩 손을 대보긴 했기 때문에, '해봤는데 재미없다'고 당당하게 말할 수 있었다는 것이다. 이 모든 것들은 소외를 견디다 못해 당구를 '제대로' 배우기 전까지의 얘기다.

가끔 게임이나 만화 산업에 제동을 거는 시도들을 보면 화가 나기보다는 딱한 이유.

나는 그들이 부작용을 우려한다기보다는, '노는 것'을 경계하는 것이라 본다.

외로우니까.

게시물 숨기기

가끔 SNS(주로 페이스북)의 타임라인에 보기 싫은 게시물이 올라오면 눈을 반쯤 뜨고 으레 '게시물 숨기기' 버튼을 누르는데, 가끔 마음이 급하면 위쪽의 '게시물 저장하기'를 눌러 그딴 게시물을 내 소중한 계정에 잠시나마 머무르게 하는 실수를 저지르곤 한다.

그럴 때마다 왜 이놈의 페이지는 두 기능을 비슷한 위치에 두었느냐는 둥 투덜대게 되지만, 가만 생각해보면 깨닫는 게 없는 것도 아니다.

끔찍이 싫어하고 유난을 떨수록 나와 가장 가까이 하게 될 가능성도 높아진다는 것. 그게 왜 그렇게 되는지는 아무도 설명할 수 없다는 것, 그리하여 세상일은 맘 같지 않다는 것…

* 이 메뉴의 배열은 2020년 중반에 바뀌었다.

아빠의 직업

한 플랫폼에 만화를 연재하던 시기, 아들 유치원 등록 원서 부모 직업란에 무심코 '만화가'라고 썼다. 맞은편에서 지켜보던 선생님이 눈이 동그래지며 "오! 멋진 직업을 갖고 계시네요" 하신다. 나도 모르게 으쓱했다. 비단 '만화가'로 소개했을 때 남들의 반응을 한두 번 보겠냐만, 요즘은 확연히 공기가 달라진 걸 느낀다.

대한민국에서 만화가가 '재밌는 직업'에서 '멋진 직업'이 되기까지 참 많은 작가님들의 눈물과 피와 땀이 있었기 때문이라는 생각이 들어 잠시 숙연해졌는데, 대뜸 대표작*을 묻는다.

"무당… 아니, 해부… 하아… 아닙니다."

아마도 선생님의 호기심은 충만해지셨을 것이다.

* 필자의 대표작은 책날개 프로필 참조

이삭이

영재발굴단에서 '이삭이'를 첨 만난 날 그림.

제작진에게 이삭의 사진을 전달받고 첫인상이, '옛날의 나랑 닮았다'였다. 그래서 군이 유치원 졸업사진을 챙겨갔는데, 지금 생각해보니 기분이 나빴을 수도.

멘토랍시고 섭외되었지만, 뭔가 평가나 조언을 하고 싶지는 않았다. 그게 얼마나 재미없는지 알기 때문이다. 그래서 그냥 각자 스케치북을 펴놓고 각자 좋아하는 것을 그리자고 했다. 그림쟁이들은, 대가의 작품집을 감상하는 것보다 옆 친구 연습장을 흘끗거리며 더 많이 자극받기 마련이라.

다른 멘토 멘티들처럼 종종 통화나 문자를 주고받는 살가운 사이는 아니지만, 이삭이 어머니의 포스팅과 매체를 통해 계속 나름 관심을 갖고 지켜본다. 더불어 그와 비슷했던 어린 시절의 내가 무엇이 필요하고 고팠는지, 불특정한 대중에 앞서 한 아이에게 어떤 의미의 작가가 되어야 할지 곰곰이 생각하게 된다.

원칙

뭔가를 그리거나 써서 웹에 올릴 때에는 항상 훗날 아들이나 아들의 친구들이 볼 거라는 생각을 먼저 하게 된다(이 책도 마찬가지다). 이는 진작미래를 내다본 와이프의 조언 때문이기도 하지만, 집에서 작업을 하다 보면 실제로 종종 아들에게 들키는(?) 경우가 있어서다. 그럴 때면 아들은 호기심에 가득 찬 목소리로 묻곤 한다. "아빠는 이걸 왜 그리고 있어요?" 대충 얼버무리는 것도 한계가 있기 때문에, 어느 정도 마음의 준비를 해 두고 있어야 한다.

아이가 본다 하더라도 야한 것이나 주먹질, 욕지거리를 쓰고 그릴 수 있다. 그러나 그것을 표현하는 데에 최소한의 논리나 정당성을 신경 써야 된다는 점에서 얼핏 '심의'나 '검열'을 떠올릴 법도 하지만, 한편 가장 중요한 독자를 염두에 둔 '동기' 또는 '검증'이 되기도 한다. 아들마저 설득 안 되면 불특정다수를 상대할 수 없기 때문이다.

SNS를 할 때에도 비슷한 생각이 들곤 한다. 특정인에게 친구 신청을 한다는 건 그 사람의 게시물을 볼 수 있는 반면에, 내 게시물 또한 그 사람이 볼 수 있다는 것을 뜻한다. 매번 좋은 것만 보여줄 수는 없지만, 최소한 밑바닥은 드러내지 않아야 한다.

아들 | ibis paint | 2019

시위의 기억

 비단 시위 때가 아니더라도, 당시는 경찰이 지나가는 학생의 가방을 강제로 뒤져도 감히 뭐라고 대들 생각을 못했다. 얼마 되지 않은 일이라고 생각했는데, 벌써 20년도 훨씬 지난 일이다. 그 시간 동안 공권력을 대하는 우리의 인식은 얼마나 바뀌었는지. 새삼스럽다.

조바심

예전에는 남들이 하지 않아서 내가 할 때가 많았는데,
지금은 내가 하지 않으면 남이 할까 봐 조바심이 난다.
영역을 넓히기보다는 지키는 게 더 중요해져서일까?

한 권의 책

한권의 교과서에 대한 단상.151014 utone

예전 동호회 시절 만난 이들 중에는, 자신이 가진 인맥과 교재로부터 얻은 지식과 시각이 절대적인 것이라고 생각하는 사람들이 종종 있었다. 그런 이들의 공통점은 하나같이 공격적이라는 것이다. 생각의 재료가 빈약하면 남의 눈치를 보느라 외피가 예민해지고, 상처받기 쉬워지기 때문이다.

묘사 습작 | 종이에 수채화 | 2000

자랑질

자랑질 최적화 공간인 SNS.

대부분의 자랑질(나 이렇게 잘 살아서 피곤)은 눈꼴시지만, 내 자랑질에
반응해준 사람의 자랑질은 부럽기 마련.

고로, 자랑을 맛깔나게 하고 싶으면 자랑할 일이 없을 때 부지런히 남
의 자랑에 반응하는 마음가짐을 장착하도록 하자.

#자랑질_상호교류의원리와법칙

#자랑질_어떻게받아들일것인가

#SNS백만시대_자랑질에대처하는우리의자세

데이트 | painter8 | 2007

털에 대한 의문

―――――――

와이프와 이런저런 이야기를 하다가 갑자기 떠올랐다.

해부학 책을 쓰는 동안 왜 사람의 '팔은 안으로 굽을까', '발바닥으로
걸을까' 따위에 대해 한참을 매달렸더랬다.

궁금했던 게 또 있는데, '털'에 대한 것이었다. 뼈와 근육에 대해 오래
생각하는 동안, '털'에 대해서도 함께 생각했다. 그런데 이건 근골격계가
아니기 때문에 아예 미뤄놓았더랬다.

가설은 있으나 생각해볼 문제.

1. 털은 어떤 기능을 할까? 그래서 인체의 어떤 위치에 자리할까?
2. 그것이 없으면 왜 부끄러워할까?
3. 털이 없는 절대 권력자는 어떤 심정이었을까? 그래서 어떤 조치
    를 취했을까?
4. '변발'과 '가발'은 사회적으로 어떤 의미가 있을까?
5. 쇠털같이 많은 날, 나는 왜 털 때문에 이러고 있을까….

최강자

군 제대하고 얼마 지나지 않아 알게 된, 열 살 남짓 위의 형이 있었다. 그 형은 모임에서 가장 연장자임에도 항상 누구에게나 공손하고 겸손했다. 한마디로 '형' 행세를 하지 않았는데, 계급사회에서 벗어난 지 얼마 안 된 애송이였던 나는 그 형이 너무 신기하고 이상해서, '형님은 왜 그렇게 모두에게 굽신대느냐'며 술자리에서 물어본 적이 있다. 그 형이 소근거린 대답은 20여 년이 지난 지금까지도 생생하게 남아 있다.

"내 무기는 기껏해야 나이밖에 없는데, 남들은 뭘 숨기고 있는지 모르잖아."

그때는 "에이~" 하며 웃었더랬다. 그러나 당시의 그 형님보다 나이가 많아진 지금, 그 대답의 의미를 가만 곱씹어보면 그 형님은 싸움판에서 생존 확률이 가장 높은 사람이었다.

사인의 추억 1

군대를 다녀와서 스물다섯에 뒤늦게 애니메이션과에 진학한 나는, 학교 신문사의 만평란을 맡아 나름 시사만화가 흉내를 내느라 바빴었다. 그런데 신문사에서 당시 최고 인기가도를 달리던 Y작가를 기획기사로 취재한다는 얘기를 듣고, 부랴부랴 인터뷰어를 자청, 질문을 직접 작성한 뒤에 남산 애니메이션 센터에서 그를 만났다.

엄청나게 무미건조한 단답형의 인터뷰에 당황한 나는, 뭐라도 건져가야겠다는 생각에 그에게 사인을 요구했다. 그는 내게 물었다.

"…만화 그린댔죠? 나중에 알고 지낼 텐데 뭐하러 사인을 주고받아."

얼굴이 달아오르고 말문이 막혔다. 속상했지만 맞는 말이었다. 아는 사람끼리 사인을 주고받을 일이 뭐가 있는가. 사인을 받지 않은 이상, 어떻게든 그와 '아는 사람'이 되어야만 했다. 이전까지 그만큼 강력한 동기부여는 없었다.

그리고 정확히 1년 반 후, 나는 그에게 '형'이라고 부를 수 있게 되었다.

사인의 추억 2

　'공각기동대'와 '매트릭스'의 아버지라 할 수 있는 프랑스의 전설적인
만화가 '뫼비우스Moebius'는 사인을 할 때 그때그때 다른 그림을 그려주
는 것으로 유명했다(지금은 프랑스의 거의 모든 작가가 그를 따라한다). 그래
서 그의 사인을 받는 것 자체가 행운이었는데, 2003년 프랑스 앙굴렘 국
제 만화축제에 '한국관'을 지키던 한 작가는, 경호원과 대동한 그의 예상
치 못한 방문에 얼결에 자신의 목걸이 신분증을 내밀었다고 한다.

　뫼비우스는 "당신도 작가인가?"라고 물었고, 그때서야 작가는 자신의
작품을 부랴부랴 보여줬다. 작가의 작품을 신중히 감상하고 나서야, 뫼비

우스는 비로소 신분증 뒷면에 사인을 해줬단다. 너무 좋아서 어쩔 바를 모르고 있는데, 뫼비우스가 그 모습을 멀뚱히 보며 서 있다가 물었다고.

"나는? 나는 어디에 사인을 받지?"

뫼비우스에게 사인이란 단순한 팬 서비스가 아니라, 명함이었던 것이다.
그 얘기를 전해 들은 내 입에서는, 나도 모르게 나지막히 붙어 비슷한 욕이 나왔다.

"시바… 졸라 머찌자나!!"

그리고 몇 년 후, 그가 한국에 방문을 했다.
다들 뫼비우스에게 사인을 받으려고 줄을 섰을 때, 내 차례까지 오지 못할 것을 예감한 나는 헐레벌떡 내 책을 사갖고 와서 막 자리를 뜨려는 그에게 사인을 해서 건넸다. 책을 받자 그는 눈을 크게 뜨고 나를 안다며 반가워했다.

비록 나는 사인을 받지 못했지만, 내 책과 사인은 그의 가방 안에서 여정을 함께하고, 그의 시재에 자리를 잡았을 것이다. 그것으로 충분하다. 그러나 몇 년 뒤, 그가 세상을 떠나고 그에게 사인을 받을 기회가 영영 사라진 이후로 나는 사인을 받지 않는다.

밤샘의 부작용

밤을 새거나 해서 피곤하면, 이성과 논리가 마비되는 것을 느낍니다. 좌뇌든 우뇌든, 주 활동시한이 정해져 있기 때문입니다. 이성이 역할을 못하면 자연히 의식체계를 감성과 본능이 지배하게 되겠죠. 얼핏 그림은 감성적 작업이니 그게 좋을 것 같은 생각이 들 법도 합니다. 하지만 크로키나 현장 스케치같이 순간의 감정 캐치가 중요한 짧은 시간의 작업이라면 몰라도, 일정한 구성이 있거나 오랜 시간 화면 전체의 균형을 체크하

도시 야경 습작 | Painter6.1 | 2004

며 캔버스를 뚫어져라 붙잡고 작업하는 그림은 본능보다는 논리가 더 중요하기 때문에 거의 도움이 되지 않습니다. 또한 이런 상태는 대부분 '체력'이 떨어져 있는 상태이기 때문에 더욱 그렇지요.

무엇보다, '언어'의 앞뒤가 잘 맞지 않게 됩니다. 이성의 통제를 받지 않는, 말 그대로 '아무 말'이나 내뱉고 수습하는 행태가 반복됩니다. 문제는, 그러면서도 스스로의 문제점을 잘 인식하지 못한다는 것입니다. 그래서 밤을 새고 난 다음 대화나 강의, 만화의 대사를 쓰거나 하는 것은 꽤 위험한 일입니다.

때문에 이성이 깨어난 다음 자신의 행동을 돌아보면, 이런 탄식이 나오곤 하죠. "으아악… 난 대체 무슨 짓을 한 거냐!"

새삼, 긴 호흡의 작가 생명과 창작력이라는 것은 순간의 영감과 감성보다는, 규칙적인 일정과 자기관리에서 비롯된다는 사실을 몸으로 깨닫습니다. 그리고 여전히 내 몸은 내 것이 아니라는 것도.

아, 이 글을 쓰기 전날 특강을 망쳐서 쓰는 글은 아닙니다.

나는 남이다

작업하다가 지치면 쓰러져 자고, 자고 일어나서 술 마시고, 많이 마시고 괴로워하고, 괴로워하다가 작업 걱정하고, 작업을 몰아서 하다가 지치고를 반복하는 일상. 슬슬 몸 걱정을 하게 된다. 아무리 내 몸이라지만, 이래도 괜찮은 걸까?

우리는 스스로의 몸을 '내 것'이라고 생각하는 경향이 있다. 고작, 자신의 의지로 사지를 움직일 수 있는 정도의 이유 때문이다.

가만 생각해보면, 그것도 쉬운 일은 아니다. 졸리거나, 배부를 때, 좋은 사람을 만났을 때 내 몸을 컨트롤하는 것은 쉽지 않다.

사지를 움직이는 것은 '생존'을 전제로, 수많은 세포 합의의 결과론적 행동에 불과하다. 리처드 도킨스가 주장했듯, 인간은 수많은(약 60조~1경 개) 생명의 최소 단위인 세포로 이루어져 있는 생명의 연합체(또는 기계)이기 때문이다.

그 사실을 간과해서 인간은 오만해진다. 나아가 자신이 우주의 중심이라고도 생각한다.

그렇게 되면 '멍청한 의지'가 중요해진다. 아무리 힘들고 어려운 일도, 굳은 의지만 있으면 다 해결된다고, 자신을 이루고 있는 수많은 생명체들을 쉽사리 혹사시킨다.

무제 | painter9 | 2009

하지만, 나는 나를 보호하고 융성시켜야 할 의무가 있다. 나는 남이다. 남에게 함부로 대하지 않듯, 나도 나에게 예의를 갖춰야 할 필요가 있다. 우리가 만약 누군가를 고용해 목표를 잘 이뤄내길 바란다면, 상식적으로 충분한 휴식과, 배려와 대화의 방법을 궁리할 것이다. 스스로에게도 그래야 한다. 그래서 일찍이 어른들은 '거울을 볼 것'을 자주 주문했던 것 같다. 내가, 내가 아니기 때문이다.

하물며 그럴진대, 내가 아닌 남을 잘 안다고 생각하고, 함부로 대하는 것은 굉장히 무서운 일이다. 그 '남'이 친구, 애인, 혹은 부모 자식 간이라 할지라도.

요는, 나를 '남'으로 생각하자는 것이다.

자신에게 주어진 과업을 잘해내길 바란다면, 무작정 '잘할 수 있다'고 부담을 주지 말고, 내몰지 말며, 못했다고 자학하지 말자는 얘기다. 그냥 잘하든 못하든 자신을 잘 안아주고, '수고했어! 못해도 괜찮아, 다만 하는 게 중요해'라고 말해줘야 하는 이유가 아닐까.

술을 마시며 왁자지껄하게 떠드는 것도 좋지만, 이렇게 의식에 갇혀 있던 내가 잠깐 풀려나 나에게 하는 말을 조용히 들어보는 것도 중요한 이유다.

비효율

요즘 기절하듯 잠들고 꼬박꼬박 일곱 시간을 자고 일어난다.

인간은 너무 비효율적이다.

밥도 꼭 두세 번을 넣어야 하고

그것도 자기 입맛에 맞는 성분 비율을 따져야 하고

넣은 만큼 싸내야 하고

혼자두면 외롭고 여럿이 있으면 혼자 있고 싶어 하고

내·외부 온도가 1도만 높거나 낮아도 덥고 춥다고 난리다.

이외에도 인간의 불만과 나약함은 셀 수 없다.

근데 이 피곤한 대사 과정을 단지 '살아 있기 때문에' 유지하는 것이 기적에 가까운 확률로 굳이 태어나 투덜대며 늙어가는 이유가 될 수 있을까.

인간이 죽기 싫어하는 이유는 생명이 주어진 시간 내에 무언가를 꼭 해야 하기 때문이 아닐까.

생각하지 않을 수 없다.

뭘 해야 하는가.

부둣가 | ibis paint | 2020

내일의 나에게

잠을 자고 일어난 나는 약간은 다른 생명체라고 생각한다.

나는 예전부터 잠자는 일을 '죽음의 연습'이라고 생각해왔다.

그렇다면 잠에서 깨는 건 '탄생의 연습'일 것이다.

아무도 알 수 없는 곳으로 의식이 사라졌다가 다시 생기는 엄청난 현상을 매일매일 겪음에도 고작 희미한 전생의 기억 한 줄기(어제)를 근거로 죽음을 귀찮아하거나, 새로운 탄생 이후의 삶을 너무나 당연하게 받아들이고 있는 건 아닐까.

만약 내일도 연속된 삶을 선물받을 수 있다면

오늘의 내가 열심히 사는 것은

내일의 나에 대한 최대의 배려.

요정 따위는 없으니까.

무제 | painter9 | 2010

산타의 추억

초1~2 때였던가. 잠자기 전 당시 문방구에 진열돼 있던 '로봇 장난감'이 갖고 싶다고 산타에게 편지를 쓰고 양말에 넣어 걸어놓으려는데, 아무래도 로봇 상자가 들어가기에는 작았다. 미국 영화에서 본 그런 큰 양말이 필요했는데 그런 건 없었다. 설상가상으로 머리맡에 양말을 걸어놓을 옷걸이도 없었다. 결정적으로 우리 집은 아파트라 굴뚝이 없었다. 우울해하다가 잠이 들었는데 다음날 아침 부모님께 간밤에 산타가 다녀갔다는 말씀을 들었다. 아쉬워할 새도 없이 내 앞에 짠 하고 나타난 선물은 검은 비닐봉지에 담긴 찹쌀 도넛이었다(…). 양말 안의 편지는 그대로였다. 나도 모르게 서러운 눈물이 터졌다.

그러고도 나는 산타를 한두 해 정도 더 믿었고, 지금까지도 찹쌀 도넛을 볼 때마다 로봇 장난감이 떠오른다.

외로움의 도시 | painter9 | 2010

입국심사

가끔 뜬금없는 장소에서 그림을 그려야 할 때가 있는데, 더 난감한 것은 그 이유가 '내 직업'을 증명해야 할 필요가 있을 때이다. 보통 마흔이 넘으면 직업이 얼굴에 드러난다고들 하던데, 난 아직 한참 멀었나 보다.

3. 경험썰

예견

어젯밤 잠을 청하다 세기말이었던 20년 전 군대 말년 시절, 순검(점호) 시간에 시골 출신 맞고참이랑 입씨름을 하던 기억이 떠올랐다. 주제는 거창하게도 '21세기가 되면 달라지는 것들'에 관한 것이었는데, 기억나는 그의 주장 중 두 가지.

1. 종이책은 완전히 없어진다.
2. 만화도 명칭이 바뀔 것이다.

빵 터졌었다. 종이책은 논쟁의 여지가 많아 대충 흐지부지됐는데, '만화를 지칭하는 단어가 변한다'는 주장만큼은 도저히 납득이 되지 않았다. 만화가 만화지, 뭐라고 변해!

...

21세기인 지금, 내가 '웹툰작가'라고 하지 않고 굳이 '만화가'라는 명칭을 고집하는 건 '웹툰'은 단지 매체에 의한 것이라고 생각하기 때문이지만, 어쩌면 그 알미운 고참 때문일지도 모른다.

명랑하다는 것

어렸을 때 항상 엉뚱 쾌활 명랑한 친구를 보면 '원래 그런 친구'라고 생각하고 함부로 대했다. 그 친구가 가끔 처져 있거나 하면 내 기분이 나빴다. 무려 내 인식에 너는 원래 명랑한 캐릭터니까, 어떤 상황에서도 명랑해야 한다고 생각했기 때문이다. 그래서 짐짓 심각하게 이딴 오글대는 소리나 했던 것 같다. "너 답지 않다."

명랑하다는 것은 좋은 것이든 나쁜 것이든 기분 좋게 받아들일 수 있는 상태이고, 그럴 수 있을 만한 건강한 몸을 지니고 있다는 뜻이다. 건강한 사람은 주변 사람들도 기분 좋게 만든다. 그래서 누구든 그런 이를 곁에 두고 싶어 한다. 하지만 그것은 절대 쉬운 일도, 당연한 일도 아니다. 그런 몸 상태를 가진 사람은 드물 뿐더러, 유지하기에도 굉장히 큰 에너지 소모를 필요로 하기 때문이다. 그래서 명랑한 친구를 만나면 기분 좋은 것으로 끝낼 것이 아니라, 좋은 기운을 나누어주었다는 것에 대해 반드시 고마워해야 한다.

새삼스레 과거의 나는 참 운이 좋았고 동시에 한없이 이기적이고 오만한 놈이었다는 생각이 드는 오후.

그림쟁이들 | ibis paint | 2020

복제인간

진짜 몸이 딱 두 개였으면 좋겠다. '할 일이 너무 많아…'라고 생각했다.

첨에는 '그래도 나 정도면 비교적 사이좋게 지낼 수 있을 것 같은데…'로 시작해, 모든 일상을 대입해 상상해본다. 시트콤으로 시작된 상상은 점점 스릴러 공포물이 된다.

내가 또는 나를 완벽히 이해하는 생명체와 함께 지낸다면,

내가 나를 좋아하든 싫어하든 상관없이 정말 끔찍한 일일 것 같다. 대화가 필요 없는 두 생명체가 술잔을 나누는 게 과연 가능할까?

사람들이 서로 사이좋게 지낼 수 있는 것은, 서로 잘 모르기 때문일 수도 있겠다는 생각이 든다.

고수 대학

소소한 각계 고수들을 모은 국립대학이나 연구기관이 있으면 좋겠다.

지류항공학과(종이비행기), 구강관악과(휘파람), 금속타악과(수저 두드리기), 지속타격과(제기차기), 프리드로잉학과(낙서), 흑연공예과(연필깎기) 등등…

농담 같지만, 전문적 장비나 고가의 재료 없이도 삶의 질과 흥을 돋울 수 있는 기술들을 심도 있게 연구하는 과정에서 사람의 내면과 거시적 산업의 새로운 힌트를 발견하거나, 나아가 사회적으로 '전문직'에 대한 인식도 확대되는 효과가 있지 않을까?

꼭 우주선을 만들고 우주인을 양성하는 과정에서만 기술 발전이 이루어지는 것은 아니라고 생각하기 때문이다.

머리가 좋다는 것

머리가 좋다는 것은

같은 시간에 여러 가지 경우의 수와 대처의 방법을 상상해볼 수 있다는
것이다. 그래서 머리가 나쁘면, 이길 수가 없다.

문제는, 머리가 좋은 사람은 이런 깨달음으로 인한 희열을 도무지 이해
하지 못한다는 것이다. 이건 머리가 나쁜 사람의 특권이기도 하다. 세상
은 공평하다.

자화상 | painter10 | 2010

체력

예술은 기술에서 비롯되고

기술은 체력에서 나옵니다.

기술이 모자란다고 생각하면 일단 체력을 키워야 할 문제.

'닥치고 데스런 BASIC'을 위한 근육 연구작 | painter12 | 2016

회의가 좋은 이유

가끔 여럿이 모여서 회의 같은 것을 하고 싶을 때가 있습니다.
다만, 다음의 조건을 충족해야 합니다.

1.   내 문제는 제외
2.   나름 중요는 하지만 당장 크게 쓸데없는 주제로
3.   나를 포함, 누구든 꼭 한 번 이상은 발언해야 함
4.   아메리카노 외에 다과는 있어서는 안 됨
5.   불 끄는 PPT도 안 됨
6.   누군가 둘이 논쟁이 붙으면 좋음

낙서가 잘 그려지거든요….

해법

살바도르 달리는 고민스러운 문제가 생길 때 바닥에 접시를 엎어놓고 숟가락 끝을 소파 손잡이에 걸친 채 그 문제를 떠올리며 잠을 청했다고 한다. 숟가락이 접시 위에 떨어지는 소리에 번뜩 잠을 깨면, 대부분의 문제가 해결되었다고.

콘티 때문에 너무 힘들어서 새벽 내내 끙끙대다가 문득 달리식 해법이 떠올라 비슷하게 따라해봤는데,
잘 자고 일어났다(응…?)

역시
사람마다 문제가 다른데, 해법이 같을 리가.

캐스팅

영화 〈보헤미안 랩소디〉를 본 많은 이들이 주연 배우 '라미 말렉'은 프레디 머큐리보다는 믹 재거와 닮았다고 하는데, 나도 일견 동감한다.

하지만 브라이언 싱어가 퀸을 더듬는 다큐멘터리가 아니라 자신만의 작가적 관점으로 퀸을 해석한 '극화'를 만들고 싶어 했다면, 꽤 괜찮은 캐스팅이었다고 본다.

이를테면, 그림으로 그려진 사과는 진짜 사과가 아니다. 하지만 진짜가 아니기 때문에 오히려 더욱 그 본질에 대해 생각하게 만든다. 배철수는 배철수가 아니지만, 그의 배철수 성대모사는 배철수라는 '원본'의 특징을 더욱 선명하게 강조하는 효과가 있다. 라미 말렉의 다소 과한 돌출 앞니 분장과 무브먼트, 상대적으로 작은 체구는 오히려 사실이 아니라서, '프레디 머큐리'라는 전설을 궁극적으로 부각시켰다. 그 결과, 전설은 신화가 되었다.

만약 어떻게든 프레디 머큐리와 똑같은 외모의 배우를 구해 영화에 출연시켰다면, 〈보헤미안 랩소디〉는 신기하기는 하지만 평범한 전기영화에 머물렀을지도 모른다. 〈보헤미안 랩소디〉가 많은 여운을 남기는 이유에는 퀸의 훌륭한 음악, 라미 말렉의 연기력, 후반 20분 클라이맥스의 힘도 있겠지만, 무엇보다 브라이언 싱어라는 이야기꾼의 캐릭터에 대한 욕심 덕분이었을 것이다.

습작 드로잉 | 종이에 연필 | 2019

트럼보

〈로마의 휴일〉을 쓴 천재 각본가 '달튼 트럼보'의 역경을 그린 영화 〈트럼보〉를 보았습니다. 한마디로, '문화계 블랙리스트'에 대한 이야깁니다.

항간에 소문으로만 떠돌던 블랙리스트 사태가 다시 재조명받기 시작한 것이 2016년 11월 즈음인데, 한국에서는 4월에 개봉되었었군요.

물론 감독이 한국의 현재를 내다보고 영화를 만들었을 리는 만무하겠지만, 절묘하고도 기가 막히게 여러 가지 상황이 맞아떨어지네요.

'블랙리스트'가 문화 융성에 왜 해악이라는 건지, 왜 정치적 시각에 의해 작가의 사상이 침해받아서는 안 되는 것인지 이 영화가 잘 말해주는 듯합니다.

하나 더, 제가 인상 깊었던 장면은 따로 있습니다. 트럼보는 동료 작가인 '알란'과 대화를 나누던 도중 이런 말을 합니다.

"예전에 아내와 멕시코 투우 경기를 본 적이 있는데, 황소가 죽었어. 모두가 환호했지만 단 세 사람만 웃지 않았지. 나와 아내, 그리고 펜스 근처의 한 소년이었어. 걔는 울고 있었네. 항상 그 이유가 궁금했어."

3. 경험썰

알란이 아주 짧게 대답합니다. 이 영화를 보고 당장 노트를 잡게 만드는 찰나의 대사.

"글쎄, 그건 글로 써보면 알겠지."

해커의 특징

90년대 영화에 등장하는 해커들의 특징

1. 엄마 집에 얹혀살면서 모니터는 수십 대인 방에서 지냄.
2. 항상 뭔가(주로 패스트푸드)를 먹으면서 자판을 두드림.
3. 펜타곤 방어막을 뚫는 동안 가끔 아래층에서 들려오는 할머니 목소리랑 싸움. "이런 젠장! 알았다고 할머니! 난 카레가 싫다고 했잖아!"
4. 이후 대부분 세 가지 선택지.
   — 갑자기 집이 폭파되는 바람에 주인공을 따라나서서 소소한 유머나 도움을 주는 역할을 하다가 뭔가 이상한 기계나 액체 같은 걸 발견하면 "오 맙소사, 이게 뭔지 알아? 아인슈타인의 상대성 이론을 적용해 2019년 BMW에서 자체 개발한…"
   — 결국 FBI나 CIA 무장요원들에게 잡혀가서 주인공을 배신한 후 머리를 감싸쥐며 주인공에게 "미안 친구, 하지만 나도 어쩔 수 없었어…"
   — '너의 전과를 클리어해준다'는 설득에 궁시렁대며 협력함
5. 어찌됐든 "Oh Shit!" 단말마와 함께 결국 죽음.

당시 나름 전문가 축에 속하면서도 사회적 인식이 박했던 직업(?)이 비단 해커뿐일까 싶긴 하지만, 그때나 지금이나 하루 종일 꼼짝 않고 컴퓨터 화면만 뚫어져라 바라보는 일에 대해 시선이 그리 좋은 것 같지는 않다. 자고로 '일'이라고 하는 것은 땀 흘리며 힘을 쓰는 것이라는 관념이 있어서인지.

미디어에서 다뤄지는 작가, 특히 그림작가는 이런 식이다. 빵모자와 수염, 추리닝에 슬리퍼, 동그란 뿔테 안경과 부스스한 머리카락, 지저분한 방구석과 항상 부모님과 편집자의 눈치를 보느라 잔뜩 움츠린 어깨….

90년대 해커에게 왠지 모를 안쓰러움이 남아 있는 것은 미디어에서 꾸준히 고정되어온 직업군으로서 미약한 동질감을 느껴서가 아닐까?

형무소 안에서

刑務所の中

3. 경험썰

가끔 인터넷과 매체에서 넘치는 상업적인 자극이 지겨워질 때면, '하나와 카즈이치'의 동명의 만화를 영화화한 〈형무소 안에서(刑務所の中: Doing Time)〉라는 영화를 꺼내보곤 합니다.

한마디로 이 만화와 영화는 '갈등'이 없습니다. 그저 형무소 내의 생활방식과 인간관계를 무심히(그러나 자세히) 나열할 뿐입니다. 그 와중에 사람을 행복하게 만드는 것이 알고 보면 얼마나 사소한지 생각해보게 됩니다.

일반 상업 영화의 화법에 익숙한 관객이 보기에는 참으로 슴슴합니다. 한마디로 평양냉면 같달까… 한때 평냉을 먹고 분노를 토하던 초딩 입맛인 제가 할 말은 아닌 것 같지만, 이렇게 비유를 할 수밖에 없는 만화/영화인 것 같습니다. 그런데, 그게 매력입니다. 그 밋밋하고 평이하지만 디테일한 구성이, 오히려 온갖 자극에 물든 제 오감을 건드립니다. 평양냉면도 그렇게 언젠가 제 입에 맞게 될까요?

콘택트

학창 시절 성적표가 나오던 날은 막연히 우주를 떠올리곤 했다. 부모님의 한숨과 잔소리를 듣는 동안 고개를 숙이고 방바닥 장판의 무늬와 패턴을 관찰하다 보면 온갖 말도 안 되는 생각이 떠올랐고, 영원히 계속될 것만 같은 그 빽빽하고 불규칙한 형상 속에서 아득해지다가, 결국엔 나라는 존재가 무엇인지, 얼마나 외로운지 실감하게 되었던 것이다.

특강을 갔다가 학생들에게 가끔 이 얘기를 하면, 빵 하고 웃음이 터지곤 한다. 비슷한 경험으로 인한 묘한 안도와 동질감 때문이었으리라. 그런 공감대를 통해 우리는 철저하고 기나긴 고독 속에서 잠깐이나마 안도할 수 있다.

인류가 지성을 갖게 되면서 하늘을 올려다보기 시작한 이유도 같았을 것이다. 주인공 앨리는 외계인을 만나면 가장 먼저 하고 싶은 질문으로 다음과 같이 얘기한다.

"어떻게 진화했나요? 어떻게 스스로를 파멸시키지 않고 기술의 성장통을 이겨내 살아남았습니까?"

비교 대상이 없는 존재에게 성장은 불안한 변화에 불과하니까. '과연 이렇게 사는 게 괜찮은 걸까?'라는 의문은 궁극적인 것이다. 천문학이 발달하는 동력은, 어쩌면 단지 인류 이외의 존재에게 '괜찮아'라는 한마디를 듣고 싶기 때문일지도 모른다.

쿵푸허슬

만화를 좋아하고 만드는 직업을 갖고 있음에도 불구하고, 나는 '만화 같다'는 비유를 별로 좋아하지 않았다. 만화라는 매체를 바라보는 편협한 사회적 인식이 고스란히 반영된 표현이라 믿었기 때문이다. 예컨대 누군가 당신의 얼굴을 보고 '만화 같다'고 하면 기분이 좋을까? 만화의 미덕 중 현실과 동떨어진 과장과 변형은 만화가 가지는 여러 표현 방식 중 일부일 뿐이다. 어린 시절 만화가가 되겠다고 결심한 이후로 줄곧 사실적인 그림을 고집했던 것은 만화를 모르는 이들에게조차 고정되어 있는 만화의 형식에 반발심이 들어서였다. 역설적이지만, 만화를 너무 좋아해서 그랬다.

대학 시절 〈쿵푸허슬〉을 못해도 십수 번은 돌려봤다. 액션과 코미디, 음악과 영상의 조화. 친구들과의 술자리에서 '영화의 정의가 오락이라면 주성치의 영화는 완벽하다'는 표현을 떠올리다가, 나도 모르게 '만화 같아서 좋다'라고 하고 말았다. 사실이었다. '만화 같아서' 좋다는 생각이 든 건 주성치의 영화가 처음이었다. 혼란스러웠다. 만화를 향한 내 시선 또한 편협하다는 사실을 스스로 인정하는 순간이었다.

'화운사신'에게 얻어맞고 기혈이 뚫려 각성할 정도의 충격은 아니었지만, 이후로 나는 만화를 바라보는 시선이 꽤 넓어진 것 같다. 걸인이 건넨 '여래신장'이든, 소녀가 건넨 막대사탕이든 편견을 갖고 거부하지 않을 정도는 되었을까?

살인의 추억

한국 영화가 '방화邦畵'로 불리던 시절이 있었다. 할리우드는 아예 비교 대상도 아니었고, 홍콩과 일본 영화에 막연한 경외심과 처절한 열등감을 동시에 느끼던 시기였다. 그즈음 놀랍게도 대학에서 만화와 애니메이션을 공부할 수 있게 되었다. 숨어서 만화를 그리다 당당히 대학생이 되니, 극장에서 한국 영화를 보는 건 시간 낭비였다. 볼만한 상영작은 다 봤다고 생각했을 때, 씹을 게 필요했는지 같은 과 친구들과 함께 입소문도 타기 전인 이 영화를 봤다.

엔딩 크레딧이 올라가자 멍했다. 복잡한 심정이었다. 같이 간 친구가 성질을 냈다. 범인이 잡히지 않았는데, 소위 갈등이 해결된 결말이 아닌데 왜 재밌지? 그러게. 그날 밤 잠자리에서 친구의 투덜거림이 자꾸 뇌리에 맴돌았다. 영화를 다시 봐야만 했다. 스트리밍 서비스가 없던 시절 극장에서 같은 영화를 두 번 보는 것은 촌스러운 짓이라고 생각했던 때였다, 그것도 한국 영화를. '누구 마음대로 자꾸 내 머리에 떠오르냐'며 따지러 가는 심정이었다고 할까?

사건 현장의 롱테이크, 강간의 왕국과 드롭킥, 수사반장과 짜장면, 변태를 쫓던 두 형사에 묻은 북소리와 '밥은 먹고 다니냐'며 카메라를 바라보는 박두만의 마지막 눈빛….

두 번째에는 장면의 매력을 다시 봤다. 그리고 비로소 내 경외심과 열등감은 한국 영화를 향하게 되었다.

맨 프롬 어스

저는 집중력이 약해서 그런지 대사 위주의 연극 같은 영화를 별로 좋아하지 않습니다. 순전히 '지구'가 들어가는 제목에 낚여서 블록버스터인 줄 알고 봤는데, 기대와는 완전히 달랐지만 확 사로잡혔습니다. 몇 번을 봤어요. 보고 또 보고. 꼬박 하루 동안 한 대여섯 번은 돌려본 것 같습니다. 그런데, 세 번째 보는 순간 '설마…' 하다가 다시 후다닥 처음부터 돌려보고 소름이 돋았습니다.

이 내용을 이미 알고 계시는 분께는 별 감흥이 없을 수도 있지만, 아무튼 시작해보겠습니다.*

영화는 대학에서 인류학을 강의하는 박식한 교수 '존 올드맨'의 뜬금없는 도피 시도에서부터 시작합니다. 10년 근속에, 보장된 학과장 자리도 팽개치고, 왜 말도 없이 갑자기 도망치려고 하냐는 동료 교수들의 끈질긴 질문에 한참을 고민하던 존은 "어쩌면, 이 상황이 다행일지도 모르겠어요"라는 알 수 없는 말과 함께 자신이 "140세기를 살아온 크로마뇽인"이라는 황당한 고백을 합니다.

---

* 영화를 보지 않으신 분들께는 스포일러로 받아들여질 위험이 크기 때문에 가급적 영화를 보신 후에 읽으시는 게 좋을 것 같습니다.

3. 경험썰

상상도 할 수 없는 오랜 세월을 살아온 존의 입장에서는 각 분야의 전문가(생물학, 고고학, 사학, 신학, 심리학)인 교수들과 인터뷰어 역할을 하는 호기심 가득한 학생, 그리고 자신을 이해해주는 조교 샌디가 한자리에 모인, 이런 흔치 않은 상황이라면 자신의 얘기를 허무맹랑하고 신비한 허풍 신화 같은 이야기로가 아니라, 학술적 검증을 통해 그나마 객관적으로 받아들여질 수 있지 않을까 기대를 가졌던 것이겠죠. 숨겨지고 포장된 자신이 아닌, '있는 그대로의 자신'으로 받아들여주길 원했던 겁니다. 어쨌거나 존과 동료 교수들은 이삿짐 정리가 거의 끝난 오두막에 모여 앉아 존의 경험담을 토대로 전 학문적 장르를 넘나들며 인류의 조상과 이동경로, 사상, 종교에 대해 이야기를 나누죠.

어떻게 보면 이런 지루한 얘기(개인적으로는 너무 재밌었습니다만)에 무슨 반전이랄 게 있을까 싶다가 영화의 하이라이트 부분에서 '14,000년을 살아왔다는 사실'보다도 더 충격적인, 너무나도 엄청난 고백과 예상치 못한 부자 간의 재회를 매개로 한 깜찍한 반전으로 막을 내리는데, 여기까지는 영화를 보신 분이라면 다 아는 얘기이고 경우에 따라 별 감흥이 없었다고 느낄 수도 있습니다만, 이 영화에는 겉으로 드러난 반전 결말 외에 또 하나의 재미있는 장치가 숨어 있습니다.

〈맨 프롬 어스〉는 표면적으로 너무나 거대한 주제를 다루고 있기 때문에, 오늘 다루고자 하는 장치는 자칫 묻혀버리기 쉽습니다. 하지만 일단

이 장치를 깨닫게 되면 영화가 다시 보이죠.

다음은 이 영화를 2배 이상 재밌게 보는 방법입니다.

영화 중반, 역사학 교수인 댄은 주인공 존에게 이런 흥미로운 질문을 합니다(48분 즈음).

댄   자네와 같이 노화 과정을 거치지 않은 사람이 또 있나?
    Who escaped the aging process as you have?

존   (생물학 교수인 해리가 익살을 떠는 동안 무엇인가를 곰곰이 생각하다
    가 문득) 1600년대에 한 사람을 만났어요. 나와 비슷한 종류의
    사람이라는 감이 오더군요. 이야기를 나눴어요.
    Anyway, it was the 1600s, and I met a man. And I had
    a hunch that he was… like me, so I told him.

아트 잠깐, 이 얘기는 우리한테 처음 하는 거라며?
    Ah. See, you said this was a first.

존   잊고 있었어. 내가 노망기에 접어들었나 봐. 어쨌거나, 그 사
    람은 내 얘기를 수긍하더군요. 다른 시대, 다른 곳에서 왔다고

했어요. 이틀 동안 얘기를 나눴는데 (그가 나와 같은 사람이라고) 믿을 수는 없었어요. 그 사람의 이야기가 납득은 되지만, 진짜인지 아닌지 어떻게 검증할 수 있었겠어요? 당시 나는 유태율법 자였는데 '그'도 나와 같은 성직 계통이라더군요. 대부분의 학자가 그렇듯 의심부터 했죠. '무슨 꿍꿍이가 있을지도 몰라.'

A touch of senility. Anyway, he said yes, But from another time, another place. We talked for two days. It was all pretty convincing, But we couldn't be sure. We each confirmed what the other said, But how do we know if the confirmation Was genuine or an echo? I knew I was kosher, But I thought, "maybe he's playing a game on me." You know, a scholar of all we spoke about. He said he was inclined with the same reservation.

댄 묘하군, 서로 수긍은 하면서도 상대의 의중 때문에 믿지 못하다니.

Now, that's interesting. Just as we can never be sure, Even if we wanted to—I mean, if we were sure, You couldn't be sure of that.

존 그러고는 서로 연락이나 하자면서 헤어졌어요. 그러지는 못했지만. 200년 뒤에 브뤼셀역에서 다시 만났는데, 인파 때문에 놓쳐버렸어요.

We parted, agreeing to keep in touch. Of course, we didn't. And 200 years later I thought I saw him In a train station in brussels. Lost him in the crowd.

약 2분 남짓한 이 짧은 대화에 주목해야 합니다.
이 대화는 두 가지 정보를 떨궈주죠.

1. 존과 같은, 수천 년을 살아온 사람이 또 있다.
2. 그들은 서로의 존재에 대해 수긍하면서도(검증할 수 있는 장치가 없어서) 믿지는 못한다.

존의 말대로라면 '그 사람' 또한 존을 수긍하면서도 믿지 못했겠죠. 더군다나 자신들의 '말도 안 되는 삶'을 이해해줄 사람이 없는 상황에서 자신과 같은 사람을 만난다는 것은 어떤 의미이며, 또 어떻게 그 사람을 받아들이게 될까요. 서로에게 호감을 갖고 있다고 해도 누가 먼저 떠날지 모르는데 서로에게 마냥 솔직해질 수 있을까요? 저라면 반가움을 넘어 아마 겁부터 날 것 같습니다.

그런데 정말 재미있는 것은, '그 사람'이 '그 사람'인지는 모르지만, 적어도 존과 같은 '수천 년을 살아온' 또 한 사람이 영화 내내 오두막 안에 같이 있었다는 겁니다.

존의 놀라운 이야기를 처음 듣는 듯하면서도 질문 한마디 없이 때때로 알 수 없는 미소를 지으며 내내 무덤덤하게 수긍했던 한 사람. 존과 같이 불을 좋아하고, 존이 움직일 때마다 함께 돕겠다며 움직이던 사람, 존이 나이를 먹지 않는 것 같다는 이디스 교수의 농담에 흠칫했던 그 사람, 멀리서 들리는 늑대의 울음소리에 본능적으로 태곳적 공포를 떠올리던 그 사람, 그루버 교수와 존의 관계를 직감하고 있던 그 사람.

결정적으로 영화 초반 존이 14,000년을 살았다는 얘길 듣고 존에게 '내가 볼 땐 구백 살을 넘어 보이진 않는다(john, you don't look over day 900 years)'고 농담을 던졌던 그 사람 말이에요(이 장면은 진짜 빨리 스쳐 지나갑니다).

'그 사람'과 존은 서로의 존재를 느끼고 알면서도 믿지 못하기 때문에, 서로 짐작은 하지만 확인하고 떠보는 식의 다소 모호한 양상의 대화로 일관합니다. 그래서 관객들은 '그 사람'의 정체를 쉽게 깨닫지 못하죠.

그 사람은 바로 존에게 전화를 걸어 성적 정정을 요구한 학생의 리포트를 찾아주었던, '샌디'입니다.

사실 이 장치는 영화를 조금만 신경 써서 보다 보면 충분히 예상할 수 있는 만큼, 저 혼자만 깨달은 것도 아니고 그리 놀라운 장치가 아니라고 생각하실지도 모릅니다만, 이 사실을 깨닫게 된 다음 영화를 다시 찬찬히 뜯어보면 이전에는 무심한 듯 평이하게 진행되는 것 같았던 카메라 워크와 앵글, 교묘한 인물 간 배치와 심리묘사가 확확 와 닿습니다.

일례로, 위에서 나열한 장면뿐 아니라 선사시대의 '언어'와 '벽화'를 이야기하던 극 초반부 이후 장면이 좋은 예가 될 것 같습니다. 존이 선사시대의 생활을 이야기하는 내내 한 앵글에 존과 샌디가 함께 겹쳐 잡히다가, 지중해를 거쳐 이야기가 바빌로니아로 넘어오면서부터는 천천히 존과 샌디가 분리되고, 샌디는 결국 화면에서 벗어납니다.

제 생각이 맞다면, 이는 아마도 샌디와 존이 공존하던 시대에서 각자의 세계로 나뉘게 되는 시점의 상징이었겠죠. 이런 연출은 그야말로 영화 곳곳에 숨은그림찾기처럼 교묘하게 숨어 있습니다.

물론 사람은 생각하는 대로 보게 된다고 제 생각이 좀 오버일지도 모르지만, 만약 진짜로 감독이 의도한 바라면 정말 소름 돋는 연출임에는 분명합니다.

제 생각엔 〈맨 프롬 어스〉의 진짜 의미는 흔한 CG와 유명배우 한 명

쓰지 않고도 연출력으로 이런 멋진 영화를 만들 수 있다는 사실뿐만 아니라. 인류의 역사가 진행되던 도중 기록되지 않은 진실의 공백을 기발한 상상으로 메우고자 했던 시도, 그리고 장대한 인류사를 관통했던 보이지 않는 '하나의 원동력'에 대해 역설하고자 했던 숨은 의지에 있지 않을까 싶어요.

영화 초반 역사학자인 댄 교수의 말처럼, 수만 년의 세월을 거치는 동안에도 사람은 크게 변하지 않았습니다. 그동안 그들은 도대체 왜 모두 가치 있는 사람이 되고 싶어 하고, 남보다 더 갖고 싶어 하고, 서로 싸우고, 빼앗으려 했으며 또 무엇 때문에 기뻐하고, 즐거워하고, 슬퍼하고, 괴로워했을까요. 55조 개의 본능적인 작은 생명의 집합체에 불과한 인간이 궁극적으로 갈구했던 목표는 무엇이었을까요.

그렇게 보면 존과 샌디의 짧고 심심한 러브스토리는 이 영화의 양념이 아니라 보이지 않는 가장 큰 주제일지도 모릅니다. 결국 수많은 치정과 전쟁으로 점철된 다이내믹한 거대한 인류사의 표면 안쪽으로는 서로를 간절히 원하면서도 한편으로는 경계하던 두 개의 성이 언제나 공존해왔으니까요.

너무나 당연했기 때문에, 보이지 않았던 겁니다. 보이지 않고 논리적으로 증명되지 않으니, 중요하게 생각되지 않았던 거죠. 하지만 그럼에도 불구하고 그 보이지 않는 '사랑'에 의해 역사를 만들어온 인간이라니.

〈맨 프롬 어스〉.

오랫동안 제 기억 속에 남을 영화입니다.

그
림
썰

4

아무리 커다란 물고기라도
그 턱을 뚫고 걸어 끌어올리는 것은
아주 미세한 바늘 끝.

작품과 학문을 이루는 것도
어느 날 문득 머리에 떠오른
미세한 의문 하나 하찮게 넘기지 않는 것으로부터.

꾼과 쟁이

같은 예술인데

왜 노래와 춤은 '꾼'이고, 그림은 '쟁이'일까 오랫동안 궁금했더랬다.

사전을 찾아보면 '꾼'은 전문적인 기술을 가진 사람,

(낚시꾼, 노름꾼, 사기꾼…)

'쟁이'는 그런 성향이 강한 사람이라고 되어 있다.

(멋쟁이, 심술쟁이, 욕심쟁이…)

그림은, 기술이 아니라 '성향'이었던 것이다. 그도 그럴 것이 예전에는 여간해서 그림이 그려지는 과정을 볼 수 있는 시공간이 드물었을 뿐더러 일반인 앞에서 시연을 일삼는 화가도 별로 없었다. 그래서 그림은 '기술' 취급을 받지 못했던 것이다. 그러나 한편으로는 그렇기 때문에 전문 기술이 없어도, 데생 실력이 부족해도 콘셉트를 어떻게 잡느냐에 따라 얼마든지 유명작가가 될 수 있었다.

작품을 선보이는 데 있어서도 다르다.

'꾼'의 작품은 대부분 '시간'과 연결되어 있다.

그래서 '과정'을 충실히 재현하는 행위에 의미를 두고,

'쟁이'의 작품은 '공간'과 밀접해서, 그것이 어떻게 만들어졌건 보여지

그림쟁이들 | ibis paint | 2020

는 '결과'가 중요하다.

그런데 작가와 작품을 선보이는 대중 경로인 방송은 기본적으로 시간 매체다. 공간을 향유하고, 음미하기에 한계가 있다.

그러나 사실 위의 이야기는 모두 과거형으로 읽어야 한다는 생각이다. 우선, 매체의 왕좌는 이미 바뀐 지 오래기 때문이다.

폰과 PC화면, 타임랩스, 홀로그램과 가상현실의 대중화와 함께 정적 예술이었던 그림은 확연히 양상이 달라지기 시작했다.

르네상스 시대의 'Contraposto'와 사진, 아크릴 물감의 발명에 의해 미술계가 들썩이고, 카세트 테이프에서 CD, MP3로 넘어가는 과정과는 비교도 되지 않을 정도로 우리는 그림이 'show'로 바뀌어가는 가장 극적인 인류사적 전환기 한가운데 서 있는 것이다. 그리고 다시 말하지만 그림은 '기술'이다! 사전에도 없는 '그림꾼'이라는 요상한 직명(?)을 밀었던 이유가 여기에 있다.

그래서

'꾼'은 유명해질수록 화려하지만,

'쟁이'는 유명해질수록 일만 많아진다…는 자조 섞인 유머(그러나 폭풍 공감했다)도 곧, 케케묵은 옛날 애기가 될지 모른다.

물론, 어디까지나 좋은 쪽으로 유명해졌을 때의 애기다.

4. 그림썰

'사'와 '가'

'꾼'과 '쟁이'에 대해 어느 정도 감을 잡으니, '사'와 '가'에 대해서도 궁금해져 찾아봤다.

'변호사' 등에 쓰이는 '사'는 '선비'(학식이 있으나 벼슬은 없는 사람: 공무원 또는 국가 기관직에 속하지 않음)를 뜻하는 '士'를 쓰고, '판사'나 '검사'는 '벼슬'의 의미가 있긴 하지만 그보다는 '집사'처럼 일 자체의 성격(잘못을 따지고, 판단하는)을 규정하는 직업적 의미로서의 '事', 교사나 의사는 '스승'을 뜻하는 '師'를 쓴다고 되어 있다.

따지고 보면 교사나 의사를 제외하고는 대부분 '벼슬아치'로 받아들이는 경향이 일반적인 것 같다(변호사도 검사 출신이 많으니…). 일련의 직업들이 사회적 원칙이나 질서 또는 관계 형성과 밀접한 기능이 있기 때문이었을 것이다. 하지만 궁극적으로 '사람이 잘 사는 법'을 가르치는 교사, 의사도 지식량이 많아야 하는 선망의 직업이니 같은 '사'에 속하게 된 것이 아닐까 한다.

반면 '화가, 음악가, 무용가'의 '家'는 '집, 가문'이라는 의미 외에 '전문직'(어떤 일에 정통한 이)의 의미가 있다. 그림의 경우 한 단계 더 오르면 '장인'을 뜻하는 '공工'(벼슬아치, 음악인의 의미도 포함되어 있다)이 되는데, '사'와는 '지식'보다는 '기술'이 더 중요한 직업이라는 의미로 구분된 것으로 보인다.

하지만 이 차이를 찾아보면서 알게 된 또 한 가지는, '사'가 됐건 '가'가 됐건, 꾸준한 경험을 통해 형성되는 '철학'이 경지에 달하면 '사람'을 뜻하는 '人'이 된다는 것. 일찍이 수많은 선생님들께서 지식이나 기술 이전에 '사람'이 되는 것을 왜 그렇게 강조하셨는지, 새삼 깨닫게 된다.

4. 그림썰

공짜 그림 요청의 대처법

그림을 그리는 사람이라면, 누구든 예외없이 적어도 꼭 한 번은 주변 사람들에게 듣는 말이 있습니다.

"시간 나면 나 한 장만 그려줘."

많은 그림쟁이들은, 주변 사람들이 그림을 쉽게 생각한다고 푸념합니다. 그림의 가치를 몰라준다는 거죠.

왜 그런고 하니, 미술품을 재테크의 수단으로 삼는 재벌이 아닌 보통 사람들은 그림을 '재화'(대가를 주고 얻을 수 있는 물질)로 인식하지 않기 때문입니다. 일단 그림은 생필품이 아니라서 가격을 산정하기가 애매하고, 가격이 없으니 '되팔 수' 있는 여지가 별로 없습니다. 게다가 금딱지가 아닌 싸구려 종이와 펜만 있어도 보는 사람 입장에서는 별 힘을 들이는 것 같지도 않은데 뚝딱 그려내어지니, 당연히 가치가 실감이 나지 않는 거죠.

그냥 있으면 기분 좋고, 없어져도 그만인 기념품 이상도 이하도 아닌 겁니다.

자, 그렇다면 그림의 물질적인 가치를 어떻게 올릴 수 있을까요? 어떻게 하면 사람들이 그림을 소중하게 생각하게 만들까요?

　가장 간단한 방법은 유명해지면 되죠. 하지만 대부분의 화가는 피카소가 아니기 때문에, 평론가가 그림의 가치를 보증해주지도 않을 뿐더러 터무니없는 가격을 부르긴 어렵습니다(피카소도 우리나라에선 어려울 겁니다).

　그래서 당장은 힘들더라도 당분간은 선심을 좀 쓰셔야 되는데, 대신 나중을 위해서라도 지키면 좋은 몇 가지 원칙이 있습니다.

1.　그림을 그려달라는 요청을 받고 시간적, 재료적 여건이 된다면, 그려줍니다. 단, 다시 돌려받고 싶을 정도로 정성을 들여 그려준 다음 나중에 다시 되팔라고 얘기합니다.

　　좀 막연하지만 '거래'를 암시하는 것만으로도 그림의 실질적 가치가 생기는 효과가 있습니다.

2.　그림 하단에 서명과 함께 그린 날짜를 적고, '가격' 또는 몇 번째 작품인지 누적 '번호'를 적어줍니다.

　　사람은 구체적인 '근거'와 '숫자'에 혹하는 경향이 있습니다.

3.　그림을 요구한 사람이 내미는 종이에 그리기보다는 가급적 본인만의 증정용 스케치북이나 사인보드(연습장에 그려서 죽 찢어주는 건 금물!)에 그려주도록 합니다. 미리 넘버링을 해놓는 것도 좋은 방법입니다.

작가의 스케치북은 작가의 살점이나 다름없습니다. 만약 없다면 그려주지 않을 핑계를 대기도 쉽습니다. 단, 저서를 내민다면 예외.

4. 디지털 그림의 경우 파일을 보내기보다는 가급적 휴대용 포토 프린터 등으로 출력해줍니다. 단, 사인과 넘버링은 출력물 위에 지워지거나 번질 가능성이 있는 연필이나 수성사인펜 등으로 합니다.
   익숙한 재료의 친필은 현실감을 보강하고, 훼손의 가능성이 있는 작품은 소중하게 간직하기 마련입니다.

5. 인증사진을 찍거나 사본을 꼭 남기고, 홈페이지나 블로그 등에 증정 그림 전시공간을 마련해 업로드합니다.
   작가가 남들에게 공개할 정도로 그림의 품질을 보장받았다는 의미와, 공개된 작품을 혼자만 소장하고 있다는 특별한 느낌도 선물할 수 있습니다.

6. 초면에 명함을 건넬 때처럼, 보는 사람 방향으로 돌려 '두 손'으로 줍니다.
   그림을 그린 사람이 자신의 작품을 소중히 여긴다는 인상을 주기 위해서입니다.

7. 두 번 그려주지 않을 것을, 친절하지만 명확히 어필합니다.
    한정된 물건은 그 자체로 가치가 있을 뿐 아니라, 막차는 누구에게나 절실한 법입니다.

8. 위의 사항들이 잘 와 닿지 않으신다면, 이렇게 생각해보세요. 여러분이 오랜 기간 갈고 익히신 전문 기술을 누군가에게 주는 것은, '주식증권'이나 '백지수표'를 건네는 것과 마찬가지라고요.

물론, 위의 사항들을 모두 꼼꼼히 지킬 필요는 없습니다.

정작 그림쟁이들은 스스로 잘 실감하지 못하지만, 그림을 그리는 일은 어렵습니다. 결코 쉽게 배우고 구사할 수 있는 기술이 아닙니다. 그 사실을 잘 알고, 자신의 그림에 대한 가치를 그 어떤 것보다 소중하게 여기는 작가라면 굳이 위 방법을 따르지 않아도 주변인들이 함부로 그림을 요구하지 않게 됩니다. 우리가 자수성가한 재벌을 만났을 때, '돈 있으면 나만 원만 달라'고 하지는 않을 것처럼요.

카페 드로잉 | 노트에 연필 | 2018

대가들의 언쟁

SNS에 '세계적 작가들의 글쓰기 조언'이라는 포스팅이 돌아다니길래 공유했더니, 곧이어 후배가 찾아 올린 그에 대치되는 새로운 조언들이랍니다. 마치 대작가들의 술자리 논쟁을 보는 것 같아 흥미진진.

역시 정답이란 없군요.

1. 캐릭터가 스타일이다. 나쁘고 잘 다듬어지지 않은 캐릭터에선 좋은 스타일이 나올 수가 없다.   노먼 메일러

   스타일은 오류다.   오르한 파묵

2. 없애는 건, 남아 있는 걸 응축시킨다.   트레이시 세발리에

   장황할수록 좋다. 재미있기만 하다면.   찰스 디킨즈

3. 다른 출판물에서 익숙하게 본 비유나 직유, 상징을 절대 사용하지 마라.   조지 오웰

   모든 문상에 자아를 남기려 하지 마라. 관용적 표현을 사용하길 주저해선 안 된다. 적절한 위치에 있는 클리셰는 훨씬 더 개성적이며 창조적이고 또한 효과적이다.   울레 소잉카

4. 그림썰

4. 캐릭터는 작가가 창조하는 게 아니다. 원래 존재하고 있었는데, 발견되는 것이다. 엘리자베스 보웬

글쓰기의 과정에 대해 어떤 식으로도 표현할 수 있겠지만, 궁극적으로 작가가 치러내야 할 과정은, 아이디어가 나올 때까지 책상머리에 앉아 자신의 머리를 잡아뜯는 것뿐이다. 아이작 아시모프

5. 다 완성하기 전까진, 절대 이렇게 이렇게 쓸 거야 남에게 말하지 마라. 마리오 푸조

미완성 원고를 보이는 것에 주저하지 마라. 그 원고를 동료 작가 뿐 아니라 특히 가까운 가족, 친구들에게도 보여주며 조언을 구해라. 생각지도 못한 행운을 얻게 될 것이다. 발자크

6. 우울하지 않으면, 당신은 진지한 작가가 될 수 없다. 커트 보네거트
유쾌함은 창작력의 원천이다. 세르반테스

7. 언어 사용은 우리가 죽음과 침묵에 맞서 싸우게 할 만한 유일한 것이다. 조이스 캐롤 오츠

인생에서 정말 중요한 건 딱 두 가지가 있는데, 굶어 죽지 않는 것과 섹스가 그것이다. 나머지 일들은 그냥 되는대로, 임기응변으로 꾸려나가면 된다. 글쓰기도 그렇다. 잭 케루악 & 닐 카사디

8. 영감이 찾아오길 기다려선 안 된다. 몽둥이를 들고 그걸 쫓아가야 한다. 　　　　　　　　　　　　　　　　　잭 런던

글이 막히면 쓰던 글을 서랍장에 묻어놓고, 사람들이 하는 다른 일들을 하며 다시 영감이 올 때까지 그저 기다리는 게 최선이다. 『톰 소여의 모험』은 중간 즈음부터 다시 쓰게 되기까지 2년 넘게 나의 서랍장에 묻혀 있었다. 　　　　　　　　　　마크 트웨인

9. 작가가 지켜야 할 규율은 가만히 서서 등장인물들이 말하는 걸 들어보는 것이다. 　　　　　　　　　　　　　　　레이첼 카슨

작가들이 흔히 과장스럽게 표현하는 마법과도 같은 순간은 그저 당신이 그 작품을 쓰기 위한 지성과 감성이 모두 갖추어졌음을 의미하는 것이다. 　　　　　　　　　　　　　　　로버트 맥기

작성 및 출처: 김동우 작가

그림의 영

말에 '언령言靈'(말에 깃들어 있다고 믿어지는 영적인 힘)이라는 것이 있듯, 나는 그림에도 분명히 비슷한 것이 있다고 생각한다. 굳이 칭하자면 '화령畵靈' 또는 '도령圖靈' 정도?

말은 휘발될 여지가 많지만, 수많은 선과 면의 집합체인 그림에는 작화가의 사념과 의지가 고스란히 박제되기 마련이다.

그 표식들은 어떤 식으로든 보는 이의 무의식에 '씌워져' 영향을 미치고, 쌓이고 스며들어 만든 이와 작품의 전반적 이미지를 만들어낸다.

여러 가지 그림의 '영' 중 독자를 불편하게 만드는 종류는 작품의 내용과는 별개로 작품(그림, 글 등 모든 기록 형식 포함)을 만드는 이의 평소 투덜대는 네 가지 방식에 기인하는데,

1. '넋두리'는 귀신이 빙의된 무당의 입을 빌어 늘어놓는 혼잣말이라 듣는 이가 있다는 사실을 별로 개의치 않는 독백에 가깝고,

2. '하소연'은 억울한 일을 당한 귀신이 누구든 들어주길 바라며 늘어놓는 방백에 가까우며,

3. '푸념'은 무당이 신의 뜻을 받들어 산 자들을 꾸짖는 꾸중에 가깝다고 한다.

위의 세 가지 화법은 타인이나 팔자의 부조리함을 탓하는 호소인 반면,

4. '자조自嘲'는 자신이 스스로를 비웃으며 한탄하는 혼잣말인데, 자신을 불쌍히 봐주기를 바라는 마음에서 시작된 말이지만 반복하면 역효과가 난다. 스스로를 비웃는 사람에겐 격려는커녕 눈길을 주기조차 망설여지기 때문이다.

그래서 죽어라 그려봤자 독자는 흘려 본다고 자조할 일이 아니다. 자조는 자주하면 저주를 자초하는 꼴이 된다.

4. 그림썰

누드 수업

'대학 교육에서 왜 누드 수업이 필요한가'라는 질문은 비단 미술교육을 받지 못한 비전공자뿐 아니라 전공하는 학생들에게도 종종 듣는 것입니다. 저는 미학이나 미술사 전공이 아니라서 누드 드로잉에 대한 역사적, 철학적 의미는 어림짐작할 뿐이지만, 주로 인물을 그리는 그림꾼으로서 그 실질적인 유용함은 잘 알고 있습니다. 미술대학에서 '누드'를 그리는 것이 필수인 이유는 단순히 누드가 일상에서 보기 힘든 '드문 풍경'이라거나, 막연히 '예술의 자유'를 상징한다거나, 단순히 '아름다운 모습'이기 때문만이 아닙니다. 미술을 전공하는 학생들이 대체 왜 누드를 그려야 하는지 실용적인 관점에서 말씀드려보고자 합니다.

그림을 그리려고 마음먹은 사람이라면, 가장 잘 그리고 싶은 대상은 '사람'일 것입니다. 그것은 우리 자신이 '사람'일 뿐 아니라, 태어나서 가장 많이 마주치는 동물이며, 수많은 의미를 담고 있는 기호이기 때문입니다. 그래서 사람을 잘 표현하는 것은 동서고금을 막론하고 모든 화가들의 주요 관심사이자 숙제가 되어왔지요.

그러나 사람을 그리는 것은 꽤 어려운 일입니다. 우리에게 너무나 익

누드 드로잉 | 노트에 플러스펜 | 2002

숙한 대상이기 때문입니다. 우리 모두는 사람 전문가죠. 그래서 호랑이의 줄무늬 개수가 모자라거나 기린의 목 길이가 조금 더 긴 것은 알아차리지 못해도, 사람 앞니 사이의 미세한 고춧가루는 금방 찾아냅니다. 같은 이 치로 실제 모델과 굳이 비교해보지 않더라도, 드로잉 결과물의 어색한 점을 직관적으로 느낄 수 있다는 점에서 사람을 그리는 일은 미술학도에게 아주 기본적인 훈련이 됩니다. 어려운 사람을 잘 그릴 수 있다면, 다른 사물을 그리는 것도 어렵지 않겠죠. 그래서 사람을 그리는 능력은 흔히 '데 생력'의 상징적인 척도가 되기도 합니다.

사람을 그리는 건 그렇다 치는데, 왜 하필 누드인가.

먼저, 어떤 대상을 잘 그리기 위해서는 대상의 '본질'을 파악하는 것이 무엇보다 중요합니다. 그러려면 면밀한 '관찰' 행위가 필요하겠지요. 사람을 잘 그리려면? 당연히 사람을 잘 관찰할 필요가 있습니다. 그런데, 여기서 문제가 되는 건, '옷'입니다.

1. 옷은 사람의 몸 위에 두르는 얇은 천에 불과하죠. 하지만 일단 그 것이 몸에 걸쳐지는 순간 – 상하의의 구분, 재봉선과 주름, 무늬와 주머니, 소매구멍에 의해 – 몸의 안팎을 가로와 세로로 나누는 많은 '선 Line'이 추가됩니다. 꾸미는 말이 많아지면, 본 말뜻을 헤아리기가 힘들어지죠? '선'도 마찬가지입니다.

   우리 몸에는 등허리의 척주를 중심으로 전신을 흐르는 관념적인 '큰 선'이 존재하는데, 의복에 의한 '잔 선'이 많아지면 선뜻 큰 선을 파악하기가 쉽지 않습니다. 그래서 걸림 없이 하나로 이어진 몸의 본 모습을 봐야 될 필요가 있습니다.

2. 누드 수업에서 자주 하게 되는 '크로키 Croquis'는 한마디로 말해 이 '큰 선'을 찾는 '주제 파악 훈련'입니다. 카메라가 없던 과거에는 대작을 그리기 위한 부분 자료 기록용의 의미도 있었지만, 현대에는 제한된 짧은 시간 내에 인체가 취할 수 있는 다양한 포즈의 핵심을 짚어내어 간결하게 표현하는 훈련의 의미가 부각되었

죠. 어떤 장르의 예술이건 작가는 작품을 통해 의미를 전달해야 하는데, 형식이 무엇이든 '주제'를 제대로 짚어내지 못하면 예술로 대접받기 어렵습니다.

3. 우리 몸은 '큰 선' 외에도, 근육과 지방에 의한 크고 작은 수많은 굴곡선으로 이루어져 있습니다. 그 곡선을 실체에 가깝게 표현하는 것은 사람을 사람답게 보이게 만들기 위해 굉장히 중요하고도 어려운 일입니다. 그러나 많은 종류의 옷은(아무리 타이트한 재질이라 해도) 그 곡선을 가리거나 뭉뚱그려버립니다.

더군다나 인체는 움직이기 위해 650여 개의 근육을 거의 모두 사용합니다. 아시다시피 근육은 수축하면 돌출되고 이완하면 펴지는데, 어떤 근육 무리가 작용하는가에 따라 특정한 포즈나 움직임이 만들어지고, 이에 따라 전신의 굴곡이 미묘하게 변합니다. 자세와 균형, 무게중심을 유지하기 위해 굽힘근과 폄근·주작용근과 저항근이 함께 작용하기 때문입니다. 왜? 중력에 맞서야 되니까요. 언뜻 보기에 운동이 될까 싶은 요가나 필라테스가 효과가 있는 것은 이런 이유 때문이지요. 이 현상은 단지 인체의 세세한 굴곡뿐 아니라, 그 자체로 살아 있는 생명체의 '생명력'을 상징합니다. 죽으면 근육이 움직일 필요가 없고, 굴곡을 만들어낼 일 또한 없으니까요. 화폭에 생명력을 담고 싶어 하는 건 화가의 절절한 바람이기도 하죠.

4. 사람은 '동물'입니다. 죽으면 '정물'이 되죠. 동물과 정물을 그리는 것은 전혀 다른 문제입니다. 동물은 '움직이기 위한 디자인'으로 이루어져 있습니다. 그런데 이 디자인을 잘 이해하기 위해서는 '실물'을 봐야 됩니다. 동물을 정물화시킨 교재, 즉 사진자료만으로 공부하면 명백한 한계에 부딪히거든요.

모니터나 책으로 보는 2차원의 누드와, 실제 3차원의 누드는 다릅니다. 벗은 모습은 똑같은데 뭐가 다르냐고요? 2차원과 3차원, 말 그대로 '차원'이 다르죠! 인쇄된 상태의 완벽히 정지된 인체의 형상은 보고 그리기에 편리할지 몰라도, 생동감을 담기는 어렵습니다. 초등학교 미술시간에 '야외 스케치'를 나가보신 경험이 한 번쯤은 있으리라 생각합니다. 사진을 보고 그려도 되는데, 왜 귀찮게 굳이 나가는 걸까요? 사진 속의 꽃과, 향기를 느낄 수 있는 눈앞의 꽃은 우리의 감각기관과 인식체계를 자극하는 정도가 비교할 수 없을 정도로 다르기 때문입니다. 우리가 영상통화로 만나도 될 사람을, 왜 직접 만나고 싶어 하는지 생각해보시기 바랍니다.

또한 3차원의 대상을 2차원의 평면으로 옮기는 '차원 변환' 작업을 위해, 작가는 필사적으로 모든 시·지각적 능력과 연산을 동원해야만 합니다. 왼쪽 눈과 오른쪽 눈이 보는 형상이 다를 뿐더러, 제한된 시간 안에 어떤 부분을 살리고 생략해야 하는지 쉴 새 없이 판단해야 하니까요. 더군다나 정지 포즈라고는 해도 중력에 의해 지속적으로 자세가 조금씩 변

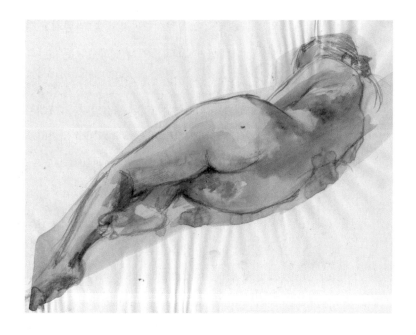

하는 살아 있는 인체의 장면 장면은 그 순간이 지나면 영원히 다시 볼 수 없게 됩니다. 작가는 그 순간의 장면을 자신의 손을 통해 기록으로 남기기 위해, 그 어느 때보다 화면에 집중하게 됩니다. 같은 누드라도, 사진의 누드보다 실제의 누드를 그렸을 때 더 강렬한 기억으로 남는 이유는 바로 그 때문이지요. 그림을 배우는 입장에서는 이만한 트레이닝도 없습니다.

5. 살아 있는 대상을 그리는 게 효과적이라면, 동물원에 가서 동물을 그리는 것으로도 훈련이 되지 않을까요? 물론 됩니다. 그러나 굳이 사람을 그리는 이유는 '모델' 자체가 사람이기 때문에 관찰자

를 의식해 자신의 몸을 효과적으로 보여주는 방법을 잘 알기도 하고(물론, 소양이 없는 모델도 있긴 합니다), 앞서 말씀드렸듯 너무나 익숙하고, 교감을 할 수 있는 대상이기 때문이죠. '같은 사람'이라서 때로는, 연습에 방해가 되기도 하는 것이 사실입니다. 그래서 그림을 공부하는 과정에서는 대상을 바라보는 주관적인 시각이나 '정념'(감정에 따르는 생각)을 최대한 눌러두고, 대상을 있는 그대로 철저하게 객관적으로 그리는 연습을 할 필요가 있습니다. 그런데 그것은, 역설적이게도 '정념'을 담기 위한 단단한 그릇을 만드는 과정과 다르지 않죠. 정제된 정념이 담긴 그림은 '예술작품'이 됩니다. 아시다시피 미술대학은 시각 예술가를 길러내는 데에 목적이 있는 만큼 누드 드로잉을 통해 학생 개개인의 몸에 대한 관점을 지속적으로 확인하고, 표현력이 어느 선에 도달했을 때 비로소 몸의 여러 의미와 아름다움을 되새기는 교육 과정이 필요합니다.

수 세기에 걸쳐 '누드'가 화가들에 의해 인간의 본성과 본질을 나타내는 도구이자 효율적인 연습 과제가 되어온 것은 대체로 이런 이유 때문일 것입니다. 물론, 이외에도 누드가 가지는 효용성은 두고두고 이야기할 수 있는 주제라 생각합니다.

확실히, 몇 세기 전에 비해 누드 회화 작품이 대중의 흥미를 끌기에 고루해진 것은 사실입니다. 다만 그렇다고 해서 사람의 몸을 그리고 연구하는 일마저 불필요해지는 것은 아닙니다. 관객에게 지루한 클래식을 대체할 음악이 많아졌다고 해서, 음대에서 다룰 필요가 점차 사라지고 있다고 말하지 않는 것처럼요.

누드 드로잉은 사람의 몸이 가진 많은 의미를 되새기는 작업입니다. 저는 그래서 개인적으로, 미술대학뿐 아니라 자신의 몸을 도구로 예술을 만드는 음악, 무용, 연극대학과 사람의 몸을 다루는 의과대학에서도 '누드 드로잉'을 배울 필요가 있다고 주장합니다. 나와 같은 구조를 가지고 있는 다른 이의 몸을 그리는 행위를 통해 인간의 몸에 대한 경외와 동질감을 느낄 수 있는 소중한 경험이자, 결국 인간이 만들어낸 모든 학문이란 '인간'을 더 잘 알기 위한 한 점에 닿아 있다고 보기 때문입니다.

드로잉 수업 스케치 | 노트에 연필 | 2011

ASMR

와이프랑 뭔가를 먹으며 ASMR*에 관한 얘기를 나눴다.

   와잎   …근데, ASMR이 무슨 약자예요?

    나   오디오 사운드 미디어 라디오(당당)

   와잎   …?

.

.

지금 찾아봤더니

Autonomous Sensory Meridian Response

(자율감각 쾌락반응)

근처도 못 갔네….

---

* 명사, 청각·시각·촉각 등을 이용하여 뇌를 자극해서 심리적 안정을 유도하는 것. 또는
그런 방법(출처: 네이버 국어사전)

BGM

'BGM(Background Music)'.

영화나 드라마 따위에서 배경에 깔리는 음악이나 소리 효과를 뜻하는데, 극적인 장면에서의 웅장한 음악이 감정을 증폭시키는 효과가 있다는 것은 익숙한 사실이다. 그런데 이는 꼭 영상에서만 필요한 것이 아니다. 음악은 일상생활에서도 기분을 북돋우는 역할을 한다. 당장 마트와 술집, 카페나 피트니스 센터를 떠올려보자. 어떤 음악이 들리는가?

이렇듯 음악에 신세를 지지 않고 살아가는 사람이 몇이나 되겠냐만, 특히 그림쟁이는 작업할 때 음악에 많은 빚을 진다.

그림을 그리는 과정은 생각보다 굉장히 지루하다. 오랜 시간 그림이 공연이 될 수 없었던 이유다. 오로지 막연한 평면과 마주하며 끊임없이 객관화를 반복해야만 하는 기나긴 시간을 버티게 하는 강장제로 카페인과 알코올 등을 제외하면, 음악이 유일하다.

그들은 작업할 때 틀어놓는 이런 BGM을 흔히 '노동요'라고 부른다. 그리고 그날 선택된 노동요는 해당 작업의 품질에 적잖이 물리적인 영향을 미치는데, 이는 단지 기분이 그런 것이 아니라 '역맥거크 효과(reverse

McGurk effect)'로 설명할 수 있다. 특정 소리가 사물을 보고 묘사하는 방식에 영향을 미치는 공감각적인 현상인데, 70년대에 이뤄진 실험에 의하면 같은 대상을 그리더라도 들리는 소리에 의해 형태가 충분히 변형될 수 있다는 증거를 제시한다.

또한 멜로디와 리듬으로 이루어진 음악은 색채와 형태를 감지하는 인근 부위의 뇌를 자극하는 효과가 있다고도 한다.

음악은 파동이다. 듣는 이의 감정이 가득 찬 상자를 흔들면 바닥 깊숙이 가라앉아 있던 기억이 떠오른다. 그것을 표현하지 않고 버텨낼 그림쟁이는 별로 없다.

비단 작가가 아니더라도, 누구에게나 인생의 노동요는 필요하지 않을까. 앞서 말했듯 자신이 처한 환경과 궁합이 맞는 음악은 주변의 공기를 바꿀 뿐 아니라 스스로가 주변인이 아닌 인생이란 영화의 주인공임을 자각할 수 있는 기회이기 때문이다.

BGV

저는 작업할 때 '노동요'뿐 아니라 각종 뉴스나 시사, 예능 방송 또는 모닥불, 비 오는 영상들을 자주 띄워놓는 편입니다. 반면 영화나 드라마는 피합니다. 내용에 너무 빠져버리거든요.

이렇게 작업용 BGM과 같이 기본으로 '깔아놓는' 역할의 영상을 나름 'BGV(Background video)'라고 부릅니다(본디 BGV는 공연이나 방송화면 등에서 공연자의 배경에 띄우는 화면이나 무대 미술 효과를 지칭하는 말이기도 합니다).

작업할 때 저뿐 아니라 유튜브나 예능, 다큐 영상을 띄워놓는 작가들이 많으신 걸로 아는데, '왜 보느냐'고 물어보면 보통은 '작업할 때 심심하니까'라고 대답하곤 하죠. 하지만 작업할 때는 '심심할' 여유가 별로 없습니다. 중요한 이유는 따로 있습니다.

우리는 가끔 흐르는 강물이나 모닥불을 멍하니 보곤 합니다. 물이나 불이 특정한 의미 없이 계속 변화하는 형상은 많은 상념과 함께 아이디어를 떠올리게 하는 동시에, 자극에 지친 뇌를 잠시 리셋시키는 효과가 있죠. BGV의 원리도 비슷합니다.

게다가 가까운 무엇인가를 '보는' 직업군은 통상 15분에 한 번 정도는 다른 곳을 바라봐야 할 필요가 있습니다. 시력 건강을 위해서도 그렇지만, 특히 작품을 만드는 작가들은 자신의 작업물을 '객관화'해야 할 필요가 있기 때문입니다. 소믈리에가 와인 맛을 감별할 때마다 맹물로 입을 헹구는 것과 비슷하죠.

BGV는 식당이나 술집에도 종종 보입니다. 물론 주인장이나 종업원이 멍하니 TV를 보고 있는 집은 왠지 들어가기 싫지만… 그럼에도 대부분의 식당이 TV를 켜놓는 이유는 혼밥이나 혼술을 할 때 뻘쭘함을 완화하는 기능, 북적거려 보이게 하는 착시 효과, 팀 손님에게는 '공통 화제'(정치, 사회, 연예…)를 창출해내는 효과가 있으니까요.

때문에 같이 사는 작가가 거실에 보지도 않는 TV를 틀어놓는다고 해서 너무 구박은 마시길….

디지털 초상화 이야기

행사장에서, 가끔 노트북과 대형 TV를 연결해 초상화 시연을 하곤 합니다.

디지털로 그린다는 점을 제외하면, 사실 기법 자체는 딱히 새로운 것이 없습니다. 다만 특이한 점이라면 그림과 같이 모니터를 통해 그림을 그리는 과정을 버스킹처럼 공개한다는 것입니다. 이런 오픈 캔버스 방식은 약 20여 년에 걸쳐 계속 고수해오고 있는 방식인데, 단지 홍보 효과만을 위해서가 아니라 다음과 같은 장점이 있기 때문입니다.

SIGGRAPH 2008 행사장에서의 시연 모습

1. 보통 초상화나 캐리커처 이벤트를 하면 모델은 그림이 완성될 때까지 꼼짝 않는 것이 좋지만, 사실 모델에게는(작가에게도) 이 점이 가장 힘든 부분입니다. 그러나 모델도 애초에 '관객'입니다. 자신이 그려지는 과정을 처음부터 끝까지 감상할 수 있을 뿐 아니라 스스로 원하는 표정을 지어 창작 과정에 '참여'할 수 있습니다. 이에 작가는 모델이 가장 이상적으로 생각하는 관점을 얻을 수 있게 됩니다. 따라서 굳이 모델을 '고정'시킬 필요도 없지요(단, 30분 이상 넘어가면 지루해합니다).

2. 인물화에서 가장 어려운 각도는 어디일까요? 의외로 '정면'입니다. 얼굴은 평면이 아닙니다. 예를 들어 움푹한 눈두덩과 돌출된 코를 '명암'으로만 표현하는 것은 절대 쉬운 일이 아닙니다. 명확한 입체임에도 '경계'가 없기 때문입니다. 그러나 약간이라도 얼굴을 돌리면, 얼굴의 입체는 훨씬 명확하게 윤곽이 드러납니다. '반측면'은 인물의 외형적, 사회적 특성을 가장 잘 표현하는 관점입니다. 이는 서양의 사실주의 초상화의 인물들이 대부분 반측면을 향하는 이유와 맞닿아 있지요(반면, 동양의 관념적 화풍은 '정면'을 선호합니다).

모델이 '화가'가 아닌 '모니터'를 응시하면, 얼굴은 자연스럽게 살짝 반측면이 됩니다.

정면을 그릴 때에 비해 균형의 부담이 훨씬 덜해지는 효과도 있을 뿐 아니라, 못생긴 작가와 눈을 마주치며 부담스러워 할 일도 없죠.

3. 눈동자가 자신이 아닌 '다른 곳'을 응시하는 스스로를 보신 적이 있으신가요? 자신의 눈으로 낯선 자신을 바라보면, 자신도 모르게 '객관화'가 되는 효과가 있습니다. 조금 거창하지만, 그림이 그려지는 동안 스스로의 장점과 단점을 돌아보게 되지요. 그 과정에서, 형언할 수 없는 진실된 '표정'이 일어납니다. 그 찰나의 순간을 발견하고 붙잡고 싶은 마음이 드는 것은 작가에게도, 모델에게도 환상적인 경험입니다.

물론, 전통적인 화법의 초상화나 캐리커처는 이 모든 것들을 극복하는 '존재감'과 '실물감'이라는 대체 불가의 가치가 있죠. 때문에 특정 방식의 장단점을 논하는 것은 큰 의미가 없다고 생각합니다만, 디지털 매체 창작 방식이 만연하는 만큼 그 가치에 대해 무감각해지는 경향이 있는 요즘, 한 번쯤은 생각해볼 필요가 있을 것 같아 정리해봅니다.

라이브 초상화 | painter9 | 2008

시안

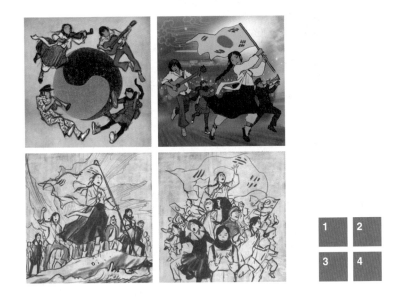

1	2
3	4

　'시안'은 작가에게 작업을 의뢰한 의뢰인이 작품 완성 전 전체적인 분위기를 가늠하고 의견을 제시할 수 있도록 만들기 위한 초기 작업입니다. 작품이 완성에 가까워지면 수정이 어려우니까요. 만화나 일러스트에서는 '콘티', 회화에서는 '에스키스'가 비슷한데, '시안'은 좀 더 타인과의 소통에 초점을 맞춘 '예시'의 개념에 더 가깝다고 생각하시면 됩니다. 따라서 시안은 완성된 그림의 전체적인 구도와 분위기, 형태가 비교적 명확히

담겨 있어야 하고, 최소 두어 가지 이상의 예시작이 준비되어 있어야 하는 경우가 많습니다.

앞의 그림들은 2019년 2월 말에 공개된 3·1운동 및 임시정부 수립 100주년 기념 음반 작업을 위한 최초 시안들입니다.

사실 제가 원했던 시안은 따로 있는데, 수록곡들의 분위기와 기념위원회의 수차례 회의를 거쳐 최종 낙점된 시안이 마지막 시안(그림 4)이었습니다(완성된 그림은 135p 참조).

이런 종류의 일러스트레이션 작업은 작곡자뿐 아니라 행사에 관련되어 있는, 소위 '보는 눈'이 많기 때문에 파격을 시도하는 것이 쉽지 않을 뿐더러, 후반 수정 요구가 많을 수밖에 없습니다. 그래서 최초 시안을 객관식으로 선택하도록 하고 진행하는 것이 효율적인데, 그럼에도 불구하고 이런저런 자잘한 수정은 피할 방법이 없지요.

나름 오랫동안 그림을 그려온 이에게도 어떤 결과물이든 쉽게 만들어지는 것은 없습니다. 달랑 그림 한 장도 그런데, 지금 우리가 당연하게 살고 있는 대한민국이라는 결과물이 만들어지기까지는… 말할 것도 없겠지요.

콘티

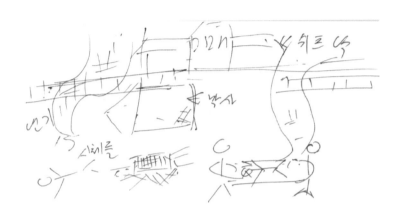

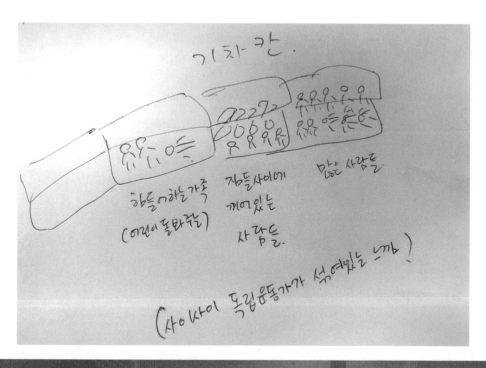

기차칸.

함들어하는 가족   잠들 사이에   많은 사람들

(여린이 돌봐줌)   끼여있는

                      사람들.

(사이사이 독립운동가가 섞여있는 느낌)

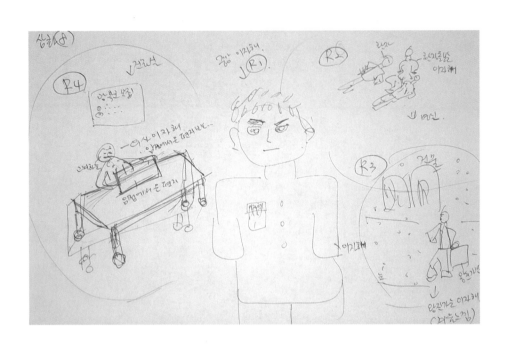

2019년 4월 방영된 특집 다큐멘터리에 사용된 제작진 콘티와 완성본 비교 컷입니다(작가님과 PD님들께 양해를 얻고 올립니다).

앞서 '시안'이 의뢰인에게 제시하기 위한 초기 작업이라면, '콘티'는 작업자의 구체적인 이해를 돕기 위해 화면의 내용과 메시지, 구성 요소들을 표시한 그림이죠.

낙서 수준의 콘티를 보고 아마 실소하실 분들이 계실지 모르겠지만 – 이 콘티의 수준은 비단 MBC뿐 아니라 모든 클라이언트, 심지어는 '마블' 같은 거대 의뢰처도 똑같습니다. 그래서 '일러스트레이터'란 직업이 필요한 것이겠지요 – 사실 이런 콘티를 요구하고 받는 일은 꽤 중요한 공성입니다. 이로 인해 일러스트레이터는 완성작에 대해 굉장히 많은 단서를 얻을 뿐 아니라(미술심리치료를 떠올려보시길) 무엇보다 주문을 하는 클라이언트나 제작진도 스스로 어떤 결과물을 원하는지 자신들이 '명시적으로' 알아야 하기 때문입니다. 이게 없으면 피차 피곤해질 가능성이 많습니다. 서로 뭘 원하는지 모르니까요. '단어'와 '형체'는 다릅니다.

'대충 말하면 척척 알아서 그려주는' 것이 프로의 미덕이던 시대는 지났습니다. 그리고 그것은 한쪽의 성장만을 뜻하는 것이 아닙니다. 이는 그림쟁이가 말을 하듯, 적어도 그림을 원하는 사람이라면, 말을 할 줄 알아도 최소한 어느 정도는 그림을 그려야 하는 시대라는 얘깁니다.

드로잉, 스케치, 크로키

다음은 메일과 쪽지를 통해 들어오는 여러 가지 질문들에 대한 답변입니다.

Q1 『그림 자연스럽게 그리기』라는 책에서 드로잉은 영어, 데생은 불어, 스케치는 영어, 크로키는 불어라고 하더라고요. 뜻은 같다 하는데 스케치하고 크로키는 다른 거 아닌가요?

빨리 속사하는 스케치가 크로키라는 건 알겠는데, 암튼 이상하게 단어에 얽매이니깐 전과 다르게 잡생각이 많이 들어서요. 그림 관련 용어의 개념을 물어도 될까요?

A 기본적으로 '스케치Sketch'와 '크로키Croquis'는 같은 개념입니다. 책에 나온 대로, 영어식 표현이냐 불어식 표현이냐의 차이뿐입니다. 이 둘은 공통적으로 어떤 대상에 대해 세부에 얽매이지 않고 첫 느낌에 의존해 커다란 톤을 표현하는 드로잉 행위를 지칭합니다.

하지만 일반적으로 '스케치'는 작은 대상을 보이는 그대로 그려내는 '소품사생小品寫生', '크로키'는 빠른 시간 안에 대상을 단순화시켜 그려 내는 '약화속사略畵速寫'의 뜻으로 나누어 받아들이는 경향이 있습니다 ('속사'에 대해서는 다음 순서를 참고하세요).

참고로, '드로잉 Drawing'(영)과 '데생 Dessin'(불)도 같은 뜻입니다만, '데생'의 경우는 '밑그림'이라는 일반적인 의미 외에도 건축도면, 도안 등의 뜻도 포함한다고 하네요. 우리말로는 '소묘'라고 하죠.

드로잉과 데생은 어떤 대상을 '선'적인 느낌을 살려 간결하게 표현해 내는 모든 행위를 지칭한다고는 하지만, 그럼 '면'적인 느낌으로 그려낸 것은 아니냐? 그건 또 아니죠. 그냥 어떤 것이든 손으로 그려내는 모든 행위를 '드로잉'이라고 부릅니다. 따라서 스케치나 크로키 모두 커다란 드로잉의 범주 안에 속한다고 보시면 되죠.

하지만 그림은 그림일 뿐이고, 그를 분류하는 단어에 집착할 필요는 없다고 생각합니다. '아, 난 지금부터 스케치를 하겠어!'라고 생각했는데 누군가가 '이건 스케치가 아니라 크로키잖아!'라고 딴지를 걸어온다고 해서(보통은 그렇게 지적할 사람도 없겠지만…) 그게 그림이 아닌 건 아니니까요.

Q2　1분 안에 움직임만 잡아야 하는 '제스처드로잉Gesture Dra-wing'이라고 하는 걸 하는데 이건 도무지 낙서만 나오네요. 움직임만 체크하는 것도 도움이 되나요?

A　'제스처드로잉'은 앞서 말씀드린 '약화속사'인 '크로키'(불어)의 영어식 표현입니다. '움직임'의 형태에 조금 더 주목하는 경향이 있을 뿐, 결국 같은 것이라고 보시면 됩니다.

그림은 '손'을 이용해서 그리는 것이 아니라 '눈'으로 그리는 겁니다. 어떤 대상의 형질이나 본질을 눈으로 '빠르게' 파악하는 훈련이 크로키죠. '크로키'의 정체에 대해 이야기하기 전에, 잠시 '두뇌'에 관한 부분을 짚고 넘어가야 이해가 쉬워집니다. 좀 길지만 차근차근 읽어보세요.

그거 그렇게 그리면 안되는데…

시끄럿!
논리적으론 이게맞아!
뭘 안다고…

우뇌 좌뇌

    우리는 태어나면서부터 그림을 그리는 뇌가 아닌, '말하는 뇌'(좌뇌)가 활성화된 교육을 받고, 그런 방식의 의사소통을 강요받으면서 자라납니다(아기가 태어나면 엄마 아빠가 아기에게 '엄마, 아빠' 등의 '말'부터 시키죠? 언어를 배우기 전에 그림 그리기부터 시키는 부모는 없습니다).

    그렇게 삶 대부분의 의사소통에 대해 좌뇌가 절대적인 권력을 거머쥐게 되면서, 우뇌의 고유 영역인 '그림 그리기'마저 좌뇌가 처리해버리려고 고집부리는 경향이 생기게 됩니다.

    '눈은 이렇게 생겨야만 해, 입은 이렇게 생기지 않으면 안 돼…'라는 모든 고정관념이 다 좌뇌적인 관념이죠. 그래서 자신이 알고 있는 고정관념적인 형상을 벗어나는 결과물을 출력해야 되는 상황이 되면 무척이나 불편해하면서 자신이 진리라고 믿고 있던 관념대로만 그리려고 합니다 (그래서 각자의 '그림체'라는 것이 생기게 되는 이유이기도 합니다만).

게다가 좌뇌는 무척이나 신중한 뇌이기 때문에, 그림을 그릴 때에도 아주 조심조심 그리는 습성이 있습니다. 마치 털을 그리는 것처럼 짧은 선을 여러 번 살살 겹쳐 쓴다든지 하는 식이죠.

그런데 어떤 형상을 짧은 시간 안에 재빨리 그려야 하는 상황이 반복되면, 좌뇌는 당황해서 어찌할 바를 모르게 됩니다. 그런 상황을 반복하다가 결국은 전문가인 우뇌에게 그림 그리는 역할을 넘겨버립니다. 이른바 'R-Mode'(우뇌모드)가 되는 거죠.

좌뇌의 간섭을 일절 받지 않고 일단 우뇌모드가 발동되기만 하면, 우뇌는 자신이 보고 파악한 모든 것을 점차 술술 풀어내기 시작합니다. 아주 신나게요.

하지만, 우뇌는 좌뇌(L-Mode)에 비해 상당히 소심하고, 집중할 수 있는 시간이 길지 않습니다. 심지어는 좌뇌모드에서 우뇌모드로 전환하는 것 자체부터가 상당히 힘들죠. 마치 구석탱이에 쭈그리고 앉아 있는, 소심하고 내성적인 낯가리는 어린아이를 잘 달래서 뭔가를 시켜야 하는 것과 같은 상황이 되는 겁니다. 그런 아이를 잘 달래는 방법이 뭘까요?

일단, 그 아이가 재미있어하고, 소질이 있는 부분을 잘한다 잘한다 칭
찬하면서 지속적으로 시키는 거죠.

그게 '크로키'인 겁니다.

보통 크로키는 3~5분을 잡는 게 일반적이지만, 만약 5초, 10초, 30초,
1분 단위의 크로키를 지속적으로 하게 되면 비로소 우뇌의 본 모습이 나
오게 됩니다. 의식적인 짧고 자신 없는 선에서 자유로운 길고 시원시원한
선을 내뱉게 되죠. 바로 이 상태를 'R-Mode에 돌입했다'라고 합니다.

따라서 우뇌를 발동시키려면 생각할 틈이 없이 길고 시원시원한 선으
로 재빨리 무엇인가를 그려가면 됩니다.

미술학원에 가면, 선생님들이 학생들에게 항상 다그치는 레퍼토리가 있죠.

"또 깔짝깔짝댄다!"
"틀려도 좋으니까 선을 시원시원하게 쓰란 말야!"
"작게 그리지 말고 크게크게 그리는 버릇을 들여라."

그게 다 우뇌를 활성화시키기 위한 훈련이기 때문입니다. 이는 또한 미술학원을 처음 들어가면 몇 주 동안 종이 가득 선 긋는 연습을 시키는 이유이기도 하죠.

좀 다른 얘기지만 우리의 몸은 재미있는 게, 원인과 결과, 결과와 원인을 혼동하는 경우가 많다고 합니다.

흔히 '행복해서 웃는 게 아니라 웃어서 행복하다'는, 마치 코미디언들의 캐치프레이즈 같은 말을 종종 듣는데, 이 말은 실제로 의학적인 근거가 있습니다.

우리는 뭔가 재미있는 경험을 했을 때 뇌하수체에서 '세로토닌'이라는 일종의 흥분제 격인 신경전달물질이 분비되어 웃게 되는데, 이건 그냥 억지로 웃기만 해도 분비된다고 하네요. 그래서 심란할 때 크게 소리 내어 웃기만 해도 기분이 나아지는 거라고 합니다. '웃음' 자체가 일종의 '행복의 시동'이 되는 것이라고 볼 수 있죠.

우뇌모드도 마찬가지입니다. 우뇌를 발동 걸기 위한 '시동'이 정신없는 크로키가 되는 겁니다. 이 크로키가 버릇이 되면, 언제라도 선을 슥슥 몇 번 긋는 시늉만으로도 바로 '그림 그리는 모드'로 돌입할 수 있습니다. '자, 준비됐지? 시작한다!'는 의미인 거죠.

그리고 평상시에 그런 '시동 걸기'가 습관이 되어 어느 궤도에 오르게 되면, '그림을 그린다'는 신호가 오기만 해도 그 순간에 우뇌는 아주 자연스럽게 바로 전투 태세에 돌입합니다. 그래서 나이가 지긋하신 대가들일수록 항상 크로키가 습관화되어 계신 거죠.

그렇게 '시동'이라는 측면에서 보자면, 크로키가 작품이 되느냐, 낙서가 되느냐는 전혀 아무 의미나 상관이 없습니다. 경운기 시동 걸 때 엄숙하고 심각하게 걸어봤자 아무 의미가 없는 것처럼요.

크로키 수업을 진행하다 보면, 말 그대로 '작품'을 그리려고 애쓰는 친구들을 종종 봅니다. 물론 그게 나쁜 건 아니고, 크로키가 예술성을 가지고 있는 건 분명합니다만, 근본적으로 기능적인 크로키는 우뇌를 언제든 써먹을 수 있도록 평상시에 '닦고 조이고 기름치는' 정비를 하는 것에 지나지 않습니다. 그러다 보면 자연스럽게 '작품'도 나오고, 뿌듯한 미소도 지을 수 있는 거죠.

그리고 그런 과정을 끝없이 반복하다 보면, 비로소 '일획만획'(한 획에 만 가지 의미를 담다)의 경지에 이르게 된다고 하죠. 다만 배워가며 서서히 길을 들이고 있는 입장이라면, 형상이 제대로 나오지 않는다고 해서 '이거 과연 도움이 되는 거 맞아?'라는 의문을 가지실 필요가 없다는 애깁니다.

> Q3　종이를 보지 않고 모델만을 보면서 그리는 윤곽선 드로잉이라
> 　　는 게 있는데요, 매번 기괴한 선의 불규칙한 나열만 나오는데
> 　　이거 효과가 있는 건가요?
> 　　　뭐랄까, 그리는 그림을 보지 않고 모델을 보면서 그 모델의
> 　　윤곽을 종이에 그리는 것인데… 도움이 될까요?

답변을 드리기 전에 먼저 드리고 싶은 말씀은, '믿으세요!'

무엇이건 손으로 '그린다'는 자체는 다 도움이 됩니다. 효과도 있고요. 단, '지속적'이어야 합니다. 겨우 2~3개월 해보고 '안 된다'고 체념해버리면, 정말 아무 효과가 없습니다. 누누이 말씀드리지만 그림실력이 느는 것은 키가 크는 것과 같아서 웬만해서는 눈에 보이지 않습니다.

말씀하신 윤곽선 드로잉은 '블라인드 컨투어 드로잉 blind contour drawing'이라고도 하는데, 이 드로잉의 목적은 '형태를 보는 눈'을 키움과 동시에, 앞서 말씀드렸듯 '우뇌모드의 활성화' 되겠습니다. 운전을 하기 위한 시동 거는 연습이라는 거죠.

'그림을 그린다'는 행위를 나누어 잘 생각해보면,

1. 어떤 형체를 눈으로 본다.
2. 눈으로 본 형체를 기억한다.
3. 기억한 형체를 해체시킨다.
4. 해체시킨 형체의 궤적을 따라 팔의 근육 운동으로 변환시킨다.
5. 운동을 통해 '또 다른 형체'를 만들어낸다.
6. 원본 형체와 내가 만든 형체를 냉정하게 비교한다.
7. 비교 후 다른 점을 같게 만드는 동시에 다른 부분의 형체를 본다.

   (1~7 반복)

맨날 그리는 그림이지만, 이렇게 나눠놓고 보니 뭔가 대단해 보이죠? 대단한 거 맞습니다. 무엇인가를 보고 그림을 그린다는 행위는 인간이 할 수 있는 행위 중 가장 고도화된 행위입니다. 우리가 선을 하나 긋는 동안에도 두뇌는 저 복잡한 계산을 수도 없이 한다는 거죠.

따라서 '모사가 가치가 없다'고 함부로 말할 수 없는 것이죠.

새가 노래하고 돌고래가 대화하고 원숭이가 춤을 춘다지만, '그림 그리는 동물' 보셨나요?

물론 인터넷 상에 그림 그리는 코끼리가 화제가 된 적이 있긴 합니다만, 자의가 아닌 반복된 훈련에 의한 단순 행동에 불과하죠. 그렇게 코끼리 코에 물감 묻힌 붓을 매어주면 '칠'을 할지는 모르지만, 그걸 '작품'이라고 부르기엔 논란의 여지가 많습니다. 더더군다나 어떤 형상을 '아주 비슷하게' 그려낸다는 건 가만히 생각해보면 정말 불가사의한 일이죠.

심지어 인간은, 어떤 '소리' 또는 '감상'을 색채나 선을 통해 형상으로 표현할 수 있는 능력을 가지고 있습니다. 만약 그렇게 표현된 형상들이 다른 이들에게 공감을 얻을 수 없다면 그건 '예술'이 아니겠지만, 수많은 사람을 자신의 생각에 '동감'시킨 칸딘스키나 마크 로스코 같은 추상화의 대가들을 떠올려보세요. 그게 바로 그 증거입니다.

얘기가 좀 다른 데로 샜는데… 여튼, 본론으로 돌아와서,

우리가 어떤 이미지를 눈으로 보고 그림을 그리게 되면, 필연적으로 '내가 그리고 있는 또 하나의 이미지'를 볼 수밖에 없습니다.

그렇게 되면 위의 순서에서 보았듯이, 원본 이미지와 내가 만든 이미지를 '비교'할 수밖에 없죠. 그런데 이 '비교' 과정이 심해지면, 계산과 수학적 비교의 전문가인 좌뇌가 또 슬그머니 끼어들게 됩니다. 열심히 그림을 그리고 있는데 옆에서 자꾸 누가 '에이, 거기 틀렸어, 죠기 틀렸어'라고 조잘대는 것과 같은 상황이 되는 거죠. 자기는 그림도 못 그리는 주제에.

우뇌가 좀 대범하고 성질이 있으면 무시해버리면 되는데, 애는 천생 그렇지가 못합니다.

아… 그런가? 틀렸나? 내가 볼 때는 맞는 것 같은데… 이상한가?

한~없이 스스로 질문을 반복하고, 결국은 의기소침해지게 됩니다. 의기소침해진 우뇌는 결국 연필을 좌뇌에게 나눠주고 조그맣게 말하죠.

"그럼… 같이 그려…"

이래서야 우뇌모드는 저 멀리 물 건너 가버리고, 결국 이도저도 아닌 '타협된 그림'이 나오면, 화가는 스스로 '소질이 없어'라고 단정해버리게 됩니다. 좌뇌가 봐도 마음에 안 들고, 우뇌가 봐도 마음에 안 드는 그림이니까요.

따라서 윤곽선 드로잉이라는 건 아예 좌뇌가 끼어들 틈을 안 주자는 거죠. 크로키보다 더 잔인하게. 아예 좌뇌를 왕따시켜버리는 겁니다.

좌뇌가 불쌍하다고요? 전혀요. 우리는 그림만 그리면서 사는 게 아니니까, 여전히 좌뇌가 주도권을 잡아야 할 일은 무지하게 많습니다. 초·중·고 시절 좌뇌 대표 언어인 '국어, 영어, 수학'이 최고로 중요한 과목인 것만 봐도 알 수 있듯이, 좌뇌는 우리 삶 소통의 대부분을 차지하고 있죠. 거기서 겨우 '그림 그리는 영역'만 우뇌에게 찾아주자는 건데요.

물론, 오랜 시간 그림을 그려왔거나, 그림을 그리는 일이 직업인 사람들은 '우뇌모드'만으로 그림을 그릴 수가 없습니다. 이 경우는 우뇌모드 전환이 안 돼서 그런 게 아니라, 좌뇌의 냉철한 판단력을 필요로 하는 경우죠. 이른바 '협업協業'이라는 경우입니다. 하지만 이 '협업모드'는 어디까지나 '우뇌'가 주도권을 쥐고 있다는 전제 하에 가능한 얘기입니다.

보고 그릴 대상이 없을 때 좌뇌의 정보은행에서 비롯된 원근법, 해부학, 색채학, 재료학 등에 도움을 받는 경우가 그렇고, 그림을 그려가면서 그림 속에 어떤 합리적인 방식으로 이야기를 집어넣을 것인가를 고민할 때에도 좌뇌는 필요합니다. 하지만 어디까지나 주도권은 '우뇌'가 잡고 있어야 하지요.

질문자께서 '기괴한 선의 불규칙한 나열이 과연 도움이 될까'라고 의문을 가지는 것은, 아직 우뇌가 충분히 자신을 가지고 활동할 만큼의 기회를 주지 않았기 때문에 생기는 의문입니다. 앞서 드렸던 말 기억하시죠?

"믿으세요."

글씨는 다른 데 보고도 줄줄 잘 쓰시죠? 워드는 자판을 바라보고 치셨나요?
글씨를 처음 배우실 때, 워드를 처음 배우실 때, '과연 내가 눈으로 보지 않고도 이것들을 할 수 있을까?'라는 의문을 가지셨나요? 충분히 할 수 있을 거라 믿으셨기 때문에 일상처럼 가능해진 겁니다.

우리 몸은, 어떤 것에 익숙해지면 익숙해진 것에 대해 놀랄 만큼의 적응력과 잠재력을 발휘합니다. 그리고 그 힘은 자신 스스로를 '믿는 것'에서부터 솟아나오게 마련입니다.

1분 크로키 | 종이에 연필 | 2020

블라인드 컨투어 드로잉 | 종이에 펜 | 2018

속사의 비밀

속사는 대상을 재빨리 그려내는 행위를 뜻합니다. 크로키를 잘하기 위해선 이 기술이 꼭 필요하죠.

오래전에 메일을 하나 받았는데, 손이 느려서 고민이라는 내용이었습니다.

습작 하나를 그리는 데도 2,3일이 꼬박 걸리신다더군요.

사실, 그림을 빨리 그려내는 건 그림의 본질적인 측면에서 봤을 때 크게 중요한 일은 아닙니다. 옛 화가들은 작품 하나를 완성하는 데에 몇 년이 걸렸던 경우도 허다하니까요.

하지만 그때그때의 느낌과 눈에 보이는 형상들을 빠르게 그려낼 수 있다면 편리한 일임에는 분명하겠죠. 재미있게 써먹을 일도 많고, 마감에 쫓기는 작가라면 엄청 유용한 기술이 될 테지만, 쉽지 않습니다.

하지만 속사라는 건 알고 보면 무지하게 단순한 행위입니다. 생각을 약간만 바꾸는 것만으로도 가능해지죠.

대부분 속사를 어려워하는 가장 큰 이유는, 좀 역설적이지만 단순히 표면적으로 '빠르게 그리기'에만 집착하기 때문입니다.

예를 들어보죠. '수다맨'이 내뱉는 빠른 말을 그대로 따라하려고만 한 다고 생각해보세요. 십중팔구는 혀가 꼬이고, 몇 번 우물우물하다가 포기 해버릴 겁니다. 하지만 원조 수다맨 강성범은 어떤 인터뷰에서 말했듯이, 다른 이에 비해 천성적으로 입이 빠른 사람이 아닙니다. 다만, 암기의 요 령을 알고 있는 머리가 좋은 사람이죠.

얼마 전, 한 다큐 채널에서 재미있는 프로를 하더군요.

1분 동안 600단어를 낭독해내는, 세계에서 말이 가장 빠른 기네스북에 오른 한 미국 여인을 취재한 내용이었습니다(일반인은 1분에 200단어를 말 하기도 쉽지 않다더군요).

보면서도 믿기지가 않더군요. 막 발음을 아무렇게나 굴린 게 아닐까 의 심스러웠는데 나중에 영상을 천천히 돌려보니 낮은 톤으로 정확한 발음 이 나오더군요. 기가 찼습니다.

그러다가 그 여인의 뇌구조를 분석 연구한 박사가 말하길 확실히 일반 인에 비해 좌뇌의 언어구현체계가 발달하긴 했는데, 재미있는 것은 '읽는 내용을 어느 정도 파악하고 있다면 더욱 빠른 낭독이 가능하다'라고 하더 군요. 요는 '입이 빠른 것'이 중요한 게 아니라 문맥을 파악하는 속도가 중요하다는 거죠.

실제로, 그녀가 암기하고 있는 성경구절을 암송할 때는 1분당 800단어 라는 어마어마한 속도를 보였습니다. 1초에 열두 단어 꼴로 내뱉었다는 거죠.

새삼 이런 얘기를 들으면 놀랍긴 하지만, 사실 이건 우리도 잘 알고 있는 상식이죠.

노래방에서 랩이 가득한 힙합 곡을 부른다고 상상해보세요.

가사 내용을 파악하고 있느냐 아니냐에 따라 노래에 기교나 감정을 싣기도 수월해지고, 랩 가사도 술술 나오게 마련입니다. 앞에 나올 가사를 미리 알고 있다면 훨씬 쉬워지겠죠.

말을 빨리하는 데에 있어 중요한 게 '입'이 아닌 것처럼, 그림을 빨리 그려내는 데에 있어서도 '손'이 중요한 게 아니라는 겁니다. 우리가 '손이 빠르다'고 할 때의 '손'은 개념적인 상징에 불과합니다.

그렇게 본다면 그림을 그린다는 행위도 궁극적으로는 '말'과 같이 머릿속에 있는 정보를 '출력'하는 것에 불과하기 때문에, 그림을 '빨리 그려내는 방법'에 대한 것도 마찬가지 맥락으로 볼 수 있죠.

그림을 빨리 그려낸다는 것은 눈으로 보고 있는 주체의 본질을 어느 정도 파악하게 되면 누구나 가능한 일입니다.

그렇기 때문에 '본질의 파악'을 위해서 끝없이 해부학이나 색채학, 원근법 등을 공부하는 거죠. 아무리 처음 보는 대상이라도 머릿속에 쌓여 있는 데이터베이스(사전정보)와 결합한다면 좀 더 빠르고 정확한 결과물을 도출해낼 수 있을 테니까요.

이는 우리가 '공포'를 이겨내는 방법과도 비슷합니다. 누구나 익숙하지 못한 대상을 대하게 되면 그 대상이 나에게 어떤 영향을 끼칠지 모르기 때문에 자기보호 본능이 발동하게 되는데, 이를 '공포를 느끼는 상황'이라고 한답니다.

그런 공포를 이기는 방법은 그 대상을 자주 대하고, 파악하는 수밖에는 없습니다(남들에게는 공포의 대상인 바퀴벌레를 툭하면 보던 자취생이 바퀴벌레에게 어느 순간부터인가는 연민의 정을 느끼게 되었다는 웃지 못할 일화도 종종 들리곤 하는 것처럼).

마찬가지로, '내가 잘 그릴 수 있는 그림'은 누구나 쉽고 빠르게 슥삭슥삭 그립니다. 하지만 처음 보는 대상을 그리게 되면 당황하죠.

십수 년 전 제가 미대입시를 치를 때 '아리아스'가 나왔었는데, 갑자기 한 여학생이 통곡을 하더군요. 자기가 연습한 자리가 아니라는 게 그 이유였죠.

그건 아마도 학원에서조차 자신이 공포스럽지 않은, 선생님에게 못 그렸다고 혼나지 않을 것 같은, 또는 가장 점수가 잘 나올 것 같은 자리에서만 연습했기 때문이었을 겁니다. 만약 그 학생이 몇 번이라도 익숙하지 않은 자리에서 연습했다면, 적어도 눈물은 나오지 않았겠죠.

정리하자면 '속사'란 그 대상의 본질을 파악하고 있기 때문에 가능한 것이고, '처음 보는 것에 대한 공포'를 이겨내야만 자신 있는 선과 색채가 나온다는 얘기죠. 그래서 그림은 잘 그리는 것만큼 많이 보는 것도 중요하다는 얘기가 나온 게 아닐까 싶군요.

　앞서 '손이 느려 고민이다'라는 질문을 주셨던 그분, 혹시 익숙하지 않은 것을 스스로의 주관만으로 그리려고 노력하고 계신 것은 아닌지 모르겠네요.
　익숙하지 않다면, 익숙하게 만들면 됩니다. 아무리 간단한 습작이라고 해도 스스로 그리고자 하는 대상에 대한 자료를 수집하세요. 우리의 뇌는 스스로 확신을 가지고 있지 못한 것을 출력해야 하는 상황에 처하면, 그것을 출력하는 데에 있어 불필요하게 많은 계산과 시행착오를 겪게 됩니다. 당연히 속도가 느려질 수밖에 없고, 결과물에 대한 스스로의 만족도도 떨어지게 되죠.

　뭐든 확신을 가지고 있다면 빨라진다는 얘깁니다.
　확신을 가지기 위해서는, 확신할 만큼의 정보수집과 공부가 필요하다는 사실을 다시 한번 강조하게 되네요.

10초 누드 크로키 | painter | 2009

모작을 위한 변명

———————

일러스트, 만화, 애니메이션 등 대중 그림작가를 지망하고자 한다면 '모사'는 가장 기본이 되는 능력입니다. 대상을 변형시켜 그린다는 것은 보이는 그대로 그려내는 능력이 전제되어야 하기 때문이죠.

그래서 애니메이션 학과 강사 시절 학생들에게 자주 내주는 숙제 중 하나가 '만화 모작'이었습니다. 일러스트나 사진 모사에 비해 만화는 선이 간결하고 단순해 모사의 능력치와 문제점을 파악하기 쉽고, 간략화된 양식의 궤적을 재현하는 과정을 통해 좀 더 효율적인 방식의 표현법, 즉 '요령'을 익히기에 유리하기 때문입니다. 그래서 일찍이 여러 선배나 동료 작가들은 스스로 만화 모작을 통해 기본기를 닦았죠.

그런데 이런 과제를 내주면 꼭 따라붙는 질문(이라기보다는 항의)이 있습니다.

"저는 만화가가 되고 싶지는 않은데요!"
"별로 좋아하지 않는 작가의 그림인데요!"

한마디로 '이거 따라 그리다가 내 그림체 망치면 어떡하냐!'는 걱정이죠. 결론부터 말하자면 전혀 걱정할 필요가 없습니다. 이는 마인드와 스타일을 혼동하기 때문에 생기는 기우입니다.

다시 말해 무엇을 좋아하고 싫어하고는 취향과 정서의 문제이고, 기술의 연마 측면에서는 별 영향이 없다는 얘깁니다. 물론 반복이 습관이 될 여지는 많지만, 그것은 '똑같은 장면'을 여러 번 그릴 때의 경우죠. 게다가 그것이 고유한 습관으로 굳어질 만큼의 분량을 요구하지도 않습니다. 아시다시피, 습관은 그리 쉽게 형성되지 않습니다.

한편 좋아하는 작가의 그림을 따라 그리면 조금 더 즐겁기는 하겠지만 전문 작가가 되면 '좋아하는' 것만 그릴 수는 없습니다. 게다가 자신과 전혀 다른 성향의 관점과 표현법을 체험하고 관찰하는 것은 자신의 스타일을 더욱 확고하게 만드는 방법이기도 합니다. 개그작가라고 해서 개그 프로그램만 보는 것은 아니듯이.

하나 더. 싫어하던 것의 매력을 발견하게 되는 것보다, 좋아하는 것에 대해 권태에 빠졌을 때가 더 위험합니다. 이럴 때는 다른 방향의 환기를 해야 하는데, 과거 경험해본 다른 스타일의 습작이 도움이 되기도 합니다. 그러나 이는 학생 스스로 선택하기에 어려운 경험이죠.

흔히 '그림체=스타일Style'로 받아들여지기도 하는데, 스타일은 좀 더 넓은 범위의 개념입니다. 스타일은 취향의 형상화이기도 하지만, 효율의 문제입니다. 짧은 시간에 많은(또는 밀도 높은) 그림을 그려야 하는 입장에서 가장 빠르고 효과적인 방식의 그림체인 것이죠. 그런데, 이건 만든다고 만들어지는 게 아닙니다. 자연스럽게 '형성'되는 어법입니다. 그래서 저는 종종 '스타일'을 '말투'에 비유하곤 합니다. 말투는 그 사람의 생활과 환경, 몸 상태, 목소리의 높낮이, 스스로 파악한 인상과 행동양식이 종합되어 만들어지기 때문에 일부러 만들기도 쉽지 않지만, 고치기도 쉽지 않습니다. 그러나 '말하기'를 직업으로 삼고자 한다면 전문적인 훈련이 필요할 것입니다.

예컨대 말하기 연습을 할 때 종종 앵커의 뉴스 지문이나 정치인들의 연설문을 따라 읽곤 하지요. 말하고자 하는 바가 정교하고 간결하게 다듬어진 지문을 읽는 연습을 한다고 해서, 자신이 정치인이 될까 봐 걱정할 필요는 없습니다. 또한 이는 정치 성향과는 전혀 상관없는 일이기도 하잖아요.

마지막으로, 보통 강사들이 과제를 내줄 때에는 그날의 기분에 따라 즉흥적으로 정하지 않습니다(가끔 그런 강사가 있기는 합니다). 강사는 학생이 가고자 하는 길을 미리 한 번 가본 사람이기 때문에, 학생이 겪을 수 있는 시행착오를 최소화시켜줄 의무가 있어서죠. 특정 작가의 그림 모사를 시키는 것은 그 작가를 따라 하라는 강요가 아니라, '스타일'의 본질에 다가서

4. 그림썰

기를 바라는 권유에 가깝습니다. 혹시나 의심이 들더라도, 그야말로 '밑 져야 본전'입니다. 손해날 일이 아니니 묵묵히 완수해보길 권유합니다.

이리건 | 'AKIRA' 모사작 중 | 2016

인물 드로잉 | ibis paint | 2019

인물 드로잉 | ibis paint | 2020

일에 집중하는 나름의 노하우

Q

작업을 할 때 잡념이 많아 걱정입니다. 작가님은 작업에 집중하는
노하우가 있으신가요?

A

1. 무엇부터 시작해야 할지 정 막막하다면, 우선 선을 하나 긋고, 그
   선을 도와주는 선을 하나 더 긋는다.

   백지에 선이 하나 생긴 순간부터, 백지는 백지가 아니게 된다. 백지
   안에 무언가 형상이 있다면, 그 순간부터는 '시작'이 아니라 '수정'
   이 되기 때문이다. 창조하는 것보다는 고치는 게 100배 쉽다.

2. 일단 시작했다면, 작업물을 항상 작업창에 띄워놓는다.

   툴 아이콘을 더블클릭하는 것은 생각보다 굉장히 어려운 일이기
   때문이다. 게다가 '객관화'(환기)를 시키는 효과도 있고, 3번으로
   이어지기 한결 쉬워진다.

3. 마음의 준비를 하지 말고 그냥 얼떨결에 한 가닥을 잡아 시작한다.
   게시판의 덧글이나 메일 확인, 뉴스 검색 등 마음의 준비는 최소
   두 시간 정도 걸리기 마련. '어머나, 원래 일을 하려고 한 게 아닌
   데 나도 모르게 시작해버렸넹?!' 모드가 가장 바람직.

4. 퀘스트를 정한다.
   약 한 시간 단위로 제한시간을 정해두고, 그 안에 해야 할 미션을
   해결하는 식으로. 만약 해결하지 못하면 지구가 망한다거나, 평생
   솔로로 늙어 죽는다거나, 또는 대학입시를 보는 상상을 해도 좋
   다. 그럼 작업이 아니라 살 떨리는 게임이 된다.

5. 일을 시작하기 전에 음악이나 강연, 인터넷 페이지를 미리 띄워놓
   지 않는다.
   작업 자체에 물리적 영향을 미치기 쉽기 때문. 단, 작업 중간에
   '필요하다'라고 고파지는 것들이 생기면 띄운다.

6. 일이 맘처럼 잘 안 되면 비슷한 일(서평, 영화감상 등)을 하지 말고
   일단 책상을 떠나서 아예 성격이 다른 일을 한다.
   차라리 자는 게 훨씬 이득. 잠이 안 온다면 설거지를 해서 부모님
   이나 마누라에게 점수를 따자.

7. 주변이 아무리 지저분해도, 청소하지 말고 그대로 시작한다.

    많은 확률로, 주변이 정리되면 머릿속도 덩달아 깨끗해진다.

8. 술이나 밥을 먹으러 나가기 전에 일을 한다.

    원래 놀기 전에 집중이 가장 잘되는 법. 술자리가 '보상'이 되는

    효과가 있기 때문이다. 더불어 일 중간에 나가면 주변 친구들에게

    굉장히 바쁘고 창의적이며, 크리에이티브한 사람으로 보이는 효

    과도 있다.

9. 아들을 재운다.

10. SNS에 이딴 글을 쓰지 않는다.

작업의 원칙

작가님은 작업할 때 어떤 원칙이 있으신가요?

A
1.   이때가 그때다.
1-1.   내일 만들어지는 건 똥이다.

2.   내가 하지 않으면 누군가가 한다.
2-1.   내가 하지 못해서 남이 한 건 감사하자.

3.   좋은 풍경이나 그림은 나만 보자.
3-1.   내가 그린 건 많이 보여주자.

4.   재미없으면 시작하지 말자.
4-1.   시작했으면 재미없어도 끝내자.

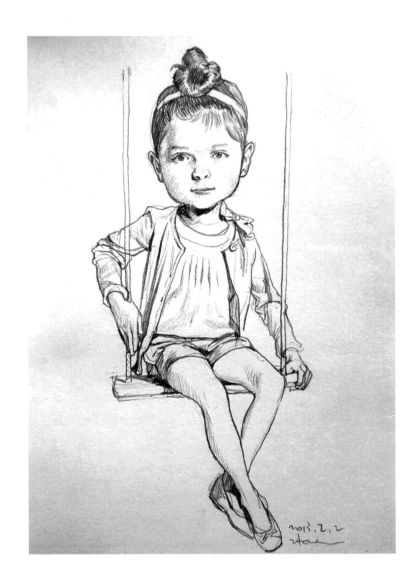

인물 드로잉 | 종이에 연필 | 2013

3초의 법칙

20대 초반 시절, 그림쟁이들끼리 술자리에 모이면 온갖 유치하면서도 원론적인 주제로 심심찮게 수다를 벌이곤 했었는데, 그중 압권은 '잘 그린다'는 것은 무엇인가? 하는 주제였다. 실사체와 만화체, 밀도와 여백, 전통과 트렌드, 화려함과 심플함이 항상 대립했다. 당연히 결론이 날 리 없었다.

그만큼 다양한 스타일과 견해가 존재했지만, 그들은 한 가지 공통점이 있었다. 모두 '대중(또는 상업)작가'를 지망하는 입장이었다는 것이다.

매번 같은 주제로 논쟁을 하던 우리는 결국 '잘 그린다'는 개념에 대해 모두가 만족하는 한 가지 기준을 내었는데, 그것은 다름 아닌 '3초'라는 시간이었다. 더도 말고 3초 동안 관객의 시선을 묶어둘 수 있다면 '잘 그렸다'라고 인정할 수 있다는 얘기였다.

당시 상업 일러스트레이터의 선망 데뷔 창구는 호황이던 게임잡지였다. 게임 산업이 한참 흥하기 시작했던 시기라, 매달 수많은 게임이 출시했고 존재를 드러내려고 애를 쓰는 건 당연한 일이었다. 게임에는 일러스트레이터가 필요하다. 콘셉트와 패키지는 물론, 게임잡지의 3분의 1을 차지하는 광고의 일러스트도 일러스트레이터의 몫이었다.

　모두가 자신의 존재를 드러내기 위해 애쓰는 잡지라는 전장에서, 3초의 시간 동안 시선을 묶어둔다는 것은 대단한 일이었다. 3초라는 시간은 일견 순간에 불과해 보이지만 잠시 눈을 감고 1초씩 헤아려보면 조금 생각이 달라질 것이다. 두꺼운 여성잡지의 광고 페이지나 SNS의 게시물, 웹툰의 한 컷을 넘기는 시간이 얼마나 될까? 우리의 눈은 아주 짧은 시간에 많은 정보를 파악하도록 설계되어 있다. 길에서 우연히 마주친 이성의 생김새를 파악하고 호감을 느끼기까지 필요한 시간은 단 0.0003초에 불과하다는 연구 결과가 있다. 그 10,000배에 달하는 시간을, 정지된 그림에 할애한다는 것이 무슨 의미인지 이제 실감이 나는가?

　이후로 나는 '3초의 법칙'에 연연했다. 어떻게 하면 3초 동안 내 그림에 시선이 머물게 만들 것인지 고민하고 실험하길 반복했다. 나름 절실했던 것 같다. 그 결과물이 대중작가로서의 내 경쟁력을 높여줄 것이기 때문이었다. 그리고 재미있는 것은 이 3초의 법칙이 비단 그림에만 적용되는 건 아니라는 것이다. 찰나의 인간관계에서 주목을 받고 싶어 하는 심리도 같은 결이라고 생각한다.

　그렇다면 단 한 장면만으로 어떻게 독자의 3초를 뺏을 것인가? 몇 가지 방법이 있다.

1. 의도적 변형 및 왜곡.

   대상의 특징을 과장하거나 변형시키는 것은 의도를 유추시킨다. 가장 일반적인 방법이다.

2. 상반되는 소재를 결합한다.

   과거와 미래, 강함과 약함, 낯섦과 익숙함을 매치시키는 것은 의외성을 가진다.

3. 인과관계를 보여준다.

   그림은 결과의 예술이다. 그러나 원인을 함께 제시(암시)한다면 생각을 하게 만든다.

주의할 것은, 위의 세 가지 방법은 일러스트레이션에 '이야기'를 넣는다는 전제하에 효과가 배가된다는 점이다. 아무리 시각 요소를 화려하게 가득 채운다고 해도 작가가 상상한 이야기가 없으면 공감을 이끌어내기 어렵다. 비록 수수해 보여도 뭔가 사연이 있는 듯한 사람에게 더 눈길이 가지 않던가.

이 방법들은 어느 정도 효과가 있었지만, 가장 강력한 비기는 따로 있었다. 좀 뜬금없지만 어린 시절 놀이터에서 친구도 없이 혼자 흥얼거리며 놀던 아이가 떠오른다. 뭐가 저렇게 재미있을까, 그 녀석과 그 녀석이 만지작거리던 모래더미를 번갈아 한참이나 바라보았다. 결국은 참지 못하고 그 녀석에게 말을 걸었다. "뭐 해?"

사람은 누구나 재미를 추구한다. 생존을 위한 기본적 욕구를 제외한 삶의 모든 행위가 다 그렇다고 해도 절대 과언은 아닐 것이다. 때문에 남이 재미있어하는 모습을 보면 함께하고 싶어 하는 본능이 있다. 그 본능을 역이용하는 것이다. 방법은 간단하다. 내가 재미있게 놀았던 흔적을 남기면 된다.

나는 이를 '이기적 놀이'라고 부른다. 남을 위한 것이 아닌, 철저하게 나만을 위한 그림을 그리는 것. 재미는 향수와 같아서 화면에 나의 재미가 묻어 있으면 퍼진다. 그 향기를 무시할 수 있는 사람은 별로 없다.

재미있게 놀려면, 일단은 자신의 욕구를 정확히 알아야 한다. 스스로 무엇을 좋아하는지 곰곰이 생각해보자. 의외로 쉽지 않을 것이다. 대중의 눈치를 보는 직업일수록 자신보다는 남들의 욕망을 따르는 경향이 있기 때문이다. 그것을 내려놓는 것이 제대로 놀기 위한 첫 순서이다.

두 번째로는 체력이 있어야 한다. 노는 것은 쉬는 것과 다르다. 앞서도 말했듯, 놀이와 일은 같은 에너지를 필요로 한다.

세 번째로, 틈틈이 기술을 단련해야 한다. 하다못해 줄넘기나 공굴리기 같은 단순한 행동이 놀이가 되려면 그 행동을 능숙하게 '잘'해야 할 필요가 있다.

　마지막으로, 좀 역설적이지만 '3초의 법칙'에 너무 집착할 필요가 없다는 것이다. 설명하기 쉽지 않지만 짧게 풀어 얘기하자면 오로지 남의 시선을 뺏기 위한 목적으로 자신을 치장하면 잠깐의 시선을 얻을지언정 자신을 잃기 쉽다, 정도 될까? '인간'으로서의 모든 행위는 자신을 보완하고 돌아봐야 할 목적의 동기에서 비롯됨이 옳지 않을까. 애초에 왜 어떤 이유로 시선을 얻고자 했는지 잘 생각해봐야 할 필요가 있다는 얘기다.

　어느덧 중년 작가가 된 지금도, 여전히 3초는 중요하다. 그러나 항상 잊지 말아야 할 것은 독자의 나이와 성향과 상황에 따라 3초의 성분은 얼마든지 달라진다는 사실이다. 3초가 아니라 3분을 바라보게 만든다고 해도, 의도를 정확히 전달하지 못하면 오히려 혼란을 가져온다. 대중은 불특정다수다. 그들의 다양한 시선을 일정 법칙으로 일반화시키는 것은 명백한 오류이자 오만일지도 모른다. 같은 그림을 보고도 누군가는 감탄과 공유를 하고, 누군가는 혀를 차며 흠결을 찾는 데 시간을 들일 테니까 말이다.

　'일러스트레이션illustration'의 어원은 '조명하다'의 뜻을 가진 illu-mination에서 비롯되었다고 한다. 7세 아이든 70세 노인이든 누가 보아도 오해가 없도록 명확한 뜻을 밝혀주는 일러스트가 '잘 그린 그림'이라고 생각하는 이유다. 3초는 남이 나를 바라보는 것이 아니라 내가 나를 바라보는 데 필요한 최소한의 시간일지도 모른다.

상점 그리기 | painter11 | 2016

자존심과 자존감 1

　　고등학교 2학년 때 모 일간지에서 주최하는 동물원 사생대회에 나간 적이 있다. 그림을 그리기에 앞서 잠시 염탐을 해보니 다들 뻔한 '풍경'을 그리길래, 튀어보고 싶은 마음에 나는 유화로 코끼리를 그리기로 했다. 어린이들이나 그리는 동물을 그리는 학생들은 거의 없었거니와 '난 (입시미술에 찌든)너희들과 달라'라는 마음 깊숙한 곳의 자만심이 넘치던 시기였기 때문이다. 그러나 느릿느릿 움직인다고 하더라도 한 자리에 머물러 있지 않는 코끼리를 그리는 것은 여간 쉽지 않았다. 결국 내 코끼리 그림은 거의 상상화가 되어버렸으나 쿨하게 제출했다. 심사위원들이 숨은 내 실력과 안목을 알아봐주지 않을까 하는 일말의 기대와 함께. 그러나 며칠 후 신문지 상에 발표된 결과는 실망스러웠다. 그 흔한 참가상도 받지 못했던 것이다. 게다가 마침 함께 대회에 참가했던 학원의 여자애 하나가 무리와 함께 나타나더니 자기는 우수상을 받았다며 불난 집에 선풍기를 돌리는 게 아닌가. 눈물이 날 정도로 분하고 속상했다. 그날 밤 도통 잠이 오질 않았다.

　　당연했다. 단지 드러나고 싶다는 욕심 때문에 평소에 그려보기는커녕 한 번 눈여겨보지도 않았던 코끼리를 무려 라이브로 그려보겠다고 덤볐

으니 당연한 결과였다. 그러나 한편으로는 인정하기 싫었던 것이다. 아무리 그래도 내 실력 정도면 충분히 멋지게 그려낼 수 있었는데 시간이 없어서, 재료와 환경이 익숙하지 않아서, 코끼리가 잘못해서(?) 그 여자애들한테 수모를 겪을 수밖에 없었다고. 작품은 반환받자마자 쓰레기통으로 직행했고, 애꿎은 코끼리는 온갖 억측과 함께 꽤 오랫동안 내 자존심 한 귀퉁이에 자리를 잡았다.

몇 년 후, 대학에 진학하고 얼마 지나지 않아 자원입대를 했다. 미대에 다니다 왔다는 이유로 사단 본부 행정병으로 차출되어 갔는데, 분기마다 열리는 포스터 그리기 대회에 참가해야만 했다. 모처럼 실력을 보여줄 기회였지만 사실 내가 입상을 할 가능성은 거의 없었다. 나는 주관 부서의 행정병인데다가 속속 도착하는 참가작들 수준이 의외로 높았기 때문이다. 에라, 어차피 수상의 여지가 별로 없다면 내가 그리고 싶은 것을 그려야겠다는 생각이 들었다. 일등병의 바쁜 업무일과 가운데 공식적으로 그림을 그릴 수 있는 시간이 있다는 것만으로도 감사한 일이었으니까. 나는 포스터의 형식을 빌린 멋진 병사 일러스트를 그렸고, 스스로 꽤나 만족했던 기억이 난다. 제출하기가 싫을 정도였다. 예상했듯 결과는 낙방. 다른 부서의 선임들로부터 위로를 가장한 놀림을 받았지만 이상하게도 하나도 억울하거나 속상하지가 않았다. 오히려 같이 히히덕거렸다. 왜? 낙방작이니 돌려받을 수 있잖은가! 그러나 결국 한참 후에 제대하는 고참에게 빼앗겨버렸다(그 고참, 그림 좀 볼 줄 알던 인간이다 싶다). 비록 울며 겨자 먹기였지만, 나도 나름 충분히 보고 즐겼으니 갖고 싶은 이에게 준 게 크게 아깝지 않았던 것 같다.

생각해보면 참 희한한 일이다. 거의 같은 상황인데 마음은 다르다. 차이는 뭘까?

사람은 무엇인가를 가지고 싶어 하고(소유욕), 모으고 싶어 하는(수집욕) 본능이 있다. 그리고 그것은 남이 가진 것과는 다른 가치가 있어야만 한다고 생각하는 경향이 있다.

남이 가진 것보다 더 좋은 것을 스스로 만들어낼 수 있다면 얼마나 좋을까! 그리고 그런 가능성을 가진 사람들 대부분은 그런 행운에 만족하지 못하고 자신과 남의 능력을 비교하고 평가받으려 든다. 그 과정에서 자존심이 일어난다. 사실 자존심은 재능을 갈고 닦기 위한 줏대가 되는 만큼 그 자체가 잘못된 심리는 아니다. 문제는 필연적으로 자존심과 함께 돋아나는 우월감과 열등감이다. 우월감은 순간이고, 열등감은 자신을 갉기 때문이다. 이들이 동력으로 작동하면 다행이지만, 끝없이 반복되면 자칫 우울의 늪에 빠지기 쉽다.

그러나 남이 가진 것과 상관없이 자기 자신의 내면을 충족시켜주는 가치는 자존감이 된다. 내 배가 부르면 임금님의 산해진미가 부럽지 않은 것과 마찬가지 이치다. 그리고 그것을 가졌을 때 비로소 스스로 비교 불가의 가치를 지닌 사람임을 인식하게 되는 효과가 있는 것이다.

요는 자신의 배를 불릴 수 있는 음식을 어떻게 만들어낼 것인가 하는 문제인데, 앞서 말했듯 그 과정에서 자잘한 자존심과 자부심이 큰 역할을 한다. 자존감은 '좋은 것'보다 '좋아하는 것'을 만들어낼 때 형성되고, 좋아하는 것의 원형을 떠올리고 지키기 위해서는 어느 정도 자존심이 필요하다. 때문에 자존심을 마치 악성 콤플렉스처럼 취급할 필요는 없다는 얘기다. 다만 너무 오래 붙잡고 있지는 말고 때가 됐다고 생각되면 훨훨 날아가게 놓아주도록 하자. 내 마음 속 코끼리처럼.

날아라 코끼리 | painter9 | 2008

大韓民國海兵隊

해병대 리터칭 │ painter7 │ 2001

자존심과 자존감 2

잘 그리는 사람들 참 많다.

그들과 경쟁하려고 하면 스트레스가 된다.

끝이 없거든. 자존심의 싸움이다.

대신 자신이 그리는 그림이 스스로를 얼마나 행복하게 만들어주는지 절대적 관점으로 생각해볼 필요가 있다.

이는 자존감의 확인이다.

그림은 그리는 이의 욕구가 반영된 기록매체다.

자존감이 스며든 그림은 눈길을 끌게 마련이다.

사람은 누구나 경쟁에서 우위에 서는 것보다도,

행복해지고 싶기 때문이다.

내 그림이 나를 행복하게 만들 때

- 재미있는 생각이 떠올라 연습장에 스케치 메모를 할 때.
- 스케치 메모보다 좀 더 구체적인 바탕 스케치가 나왔을 때.
- 상상했던 포즈나 장면이 그대로 평면 위에 표현됐을 때.
- 바탕색이 마음에 들게 나와서 빨리 묘사를 하고 싶을 때.
- 묘사를 하면 한 부분씩 튀어나올 때.
- 그림을 그리며 좋아하는 예능 다시보기를 할 때.
- 마음에 들지 않는 부분을 만져서 더 그럴듯하게 고쳐졌을 때.
- 말풍선을 그리고 대사를 쳐서 캐릭터가 살아날 때.
- 다 그려진 그림에 텍스처를 입히거나 색조 조정을 할 때.
- 완성된 그림을 바탕화면에 올리고 혼자 바라보며 즐길 때.
- 그림을 핸드폰 폴더에 넣을 때.
- 개인 계정에 업로드해서 남에게 보여줄 생각을 할 때.
- 내 컬렉션이 하나 더 늘었다고 생각하며 전체 썸네일을 볼 때.
- 내가 팔로잉하는 사람이 내 게시물에 좋아요를 눌렀을 때.
- 좋아요를 누른 사람의 시선으로 내 그림을 볼 때.
- 내 의도를 정확히 알아봐주는 덧글을 읽었을 때.
- 와이프나 아들의 공감 또는 칭찬을 받았을 때.

- 그림이 프린터로 조금씩 뽑혀 나오는 모습을 볼 때.
- 클리어 파일에 넣거나 코팅을 할 때.
- 출력된 그림을 남이 바라보는 눈빛을 볼 때.
- 내 그림이 어떤 음악과 어울리는 모습이라고 느낄 때.
- 기술이 예전보다 아주 조금 나아졌다고 생각될 때.
- 연이어 다음 그림에 대한 아이디어나 욕구가 생길 때.
- 남들에게 그것을 어떻게 그렸는지에 대한 과정을 설명할 때.
- 나를 행복하게 만드는 것을 스스로 만들 수 있다고 느낄 때.

열등감 극복법 1

일을 하려고 자료를 찾다 보면, 내가 지금 하려고 하는 것을, 이미 엄청 잘하고 있는 사람을 만나기 마련이다. 그래서 우울해지는 것은 당연한 수순인데(나보다 어리기라도 하면 더욱)…

그도 처음에 그 일을 시작할 때 똑같이 좌절했을 것이라는 사실을 떠올리고 싶지 않아 한다. 그는 처음부터 잘했고, 우아하며, 쿨하고, 멋지고, 낭비와 고뇌 따위는 없어야 한다. 그래야 그보다 못하는 내가 조금이라도 덜 비참하니까.

따지고 보면, 우울할 이유가 없다. 애초에 나는, 이미 그가 나보다 잘한다고 스스로 인정했잖아? 그럼, 나이가 적든 많든 그냥 '선생님'으로 모시면 된다. 내 모자람을 인정하고, 어떻게든 그에게 존경심을 표하고 나면, 우울함은 눈 녹듯 사라진다. 내가 제자가 되면, 부담은 스승이 진다. 게다가 스승이 많으면 많을수록 배워야 할 것이 늘어나고, 삶은 더욱 흥미진진해진다.

우리의 문제는, 툭하면 제 맘대로 경쟁자를 만들고, 결판이 나지 않는 혼자만의 경쟁을 거듭하다가 결국 제풀에 지치고 마는 것이다. 그게 왜 문제냐면, 그림은 칼이 아니고, 작가는 무사가 아니며, 예술 활동은 싸움이 아니기 때문이다.

두 번째 문제는, 나보다 못하거나 비슷한 수준인 것 같은데 소위 '잘나가는' 사람들을 볼 때 느끼는 박탈감, 열등감 같은 것이다.

그건 내가 가진 고급 기술을 아주 단편적으로만 이해하고 있다는 명확한 증거다. 그 상태로는 프로가 되기 어렵다. 이를테면 대중작가는 그림을 잘 그리는 것 외에 잘 보여주고(장식), 잘 파는 것(영업)도 작품의 가치를 높이는 중요한 기술인데, 그리기 외의 다른 것들은 '기술'이 아니라고 생각해버린다. 기술이 아니니 연습을 하지 않는다. 그래서 전시를 하는 작가가 전시장에 그림만 덜렁 던져놓고 사라진다든지, 책 편집에 신경을 쓰지 않는다든지, 계약서를 쓰고 가격 협상을 하는 부분을 불편해한다든지 하는 경우(이건 나도 힘들다)를 종종 본다.

그림을 맵시 나게 보여주거나 금전적 가치를 높여 부르는 일은 무척 어렵고 난감할 뿐 아니라, 낯도 뜨겁다. 어쩌면, 그림을 그리는 일보다도 힘든 일일지도 모른다. 만약 이 부분이 동감이 된다면, '잘나가는 놈'들을 시기할 이유가 없어진다. 왜? 그들은 그 '힘든 일'을 해냈잖아. 충분히 존경할 만하다.

…아무리 그래도,

예전에 나에게 수업을 들었던 학생을 선생님으로 모시는 건 참 힘든 일이다.

아무리 청출어람이라고는 해도, 내가 뭐, 석가모니도 아니고….

그럴 땐 이렇게 부르자. 생선님….

4. 그림썰

열등감 극복법 2

불완전함의 미학

특강을 가면 자주 듣는 질문 중 하나가 '잘 그리는 사람이 너무 많다. 열등감 극복을 어떻게 하느냐'는 것이었다. 일단, 그건 애초에 극복이 안 되는 이유가 있다. 내 대답은 '잘 그리는 사람만 보니까 그렇지'. 그렇다고 나보다 못한 사람을 곁에 두면 내 실력이 오르지 않을 것 같으니 결국 나를 감탄시키는 사람에게 친구 요청을 하고는 무력감과 열등감에 휩싸인다. 참 난감한 루프가 아닐 수 없다. 그림쟁이로서 '잘 그리는 사람'과 친구가 되고 싶은 것은 본능이다. 그러나 주변에 그런 사람들을 잔뜩 모아놓고 내 자존감이 오르길 바라는 건 모순 아닌가.

다시 말하지만 그건 본능에 가깝기 때문에, 극복이 거의 불가능하다. 불가능한 일을 하려 하니 괴로운 것이다. 그래서 그럴 때는 이기려고 하지 말고 인정을 해야 한다. 그가 잘한다는 것? 아니, 내가 모자라다는 것.

좀 딴소리 같겠지만, 오래전에 친구들과 술을 먹다가 리눅스나 맥OS, 유닉스 같은 운영체제보다 한참 불편하고 오류 투성이인 Window를 쓰는 사람이 압도적으로 많은 이유에 대해 얘기를 나눈 적이 있다. 결론은 의외였다. '불완전하기 때문에'.

그건 다름 아닌 사람의 특성이기도 하다.

사람은 생리적으로나 구조적으로도 꽤 많은 모순과 불합리한 면을 가진 동물이다. 예컨대 두 발로 걸으며 손을 쓰게 되면서 골반과 엉덩이가 커진 반면 이동속도가 떨어지고 척추 질환과 출산의 고통도 껴안게 되었다. 육상에 완벽히 적응했다고 보기엔 애매한 것이 사실이다. 하지만 그 불완전한 모습에 스스로 매력을 느끼는 것 또한 사실이다. 우리 자신이라서가 아니라, 부지불식간에 지금의 모습이 결과가 아니라고 생각하기 때문이다. 생존 측면에서는 장점이 없다시피 한 아기와 동물들의 새끼를 보고 매력(귀여움)을 느끼는 이유도 같을 것이다. 다시 말해 그냥 '불완전함'이 아니라, '끊임없이 완벽을 추구하는 와중의 불완전함'이 매력을 유발하는 포인트라는 얘기다.

다시 원점으로 돌아와서, 내게 열등감을 유발하는 '잘하는 사람'의 얘기들을 들어보면(개인적으로 들을 일이 많았다) 그들의 열등감은 더욱 심한 경우가 많다. 다른 점은 그 열등감을 쌓아두기만 하는 것이 아니라 연료로 태운다는 것이다. 어떻게든 나아지려고 발버둥치기 위한. 못하는 걸 감추고 숨기는 데에 한계가 있는 걸 알기 때문이다.

4차 산업혁명과 AI 때문에 점점 인간의 입지가 좁아질 것이라고 걱정들을 하는데, 인간과 기계의 대결이 처음은 아니다. 사진기가 발명됐을

항해 │ ibis paint │ 2020

때 화가들의 암담함은 어땠을까? 하지만 사진기를 가장 필요로 하고, 잘 써먹었던 것도 결국 화가들이었다. 리얼리즘이 퇴색됨과 함께 그들은 리얼리즘에 대한 새로운 관념과, '사진'이 표현할 수 없는 형상을 고안해내기 시작했다. 근·현대미술의 눈부신 발전은 사진에 대한 그들의 열등감과 불완전함이 빚어낸 찌질한 역사일지도 모른다.

스타일도 마찬가지다. 형상을 보여주기에 부적절한 붓자국이나 불필요한 빈틈, 작가의 대상에 대한 고정관념과 모자란 지식은 지문처럼 작품에 남는다. 하지만 그런 작품 요소의 불완전함은 작가 고유의 시그니처이자 정체성이 된다. 마치 이세돌의 78수처럼, 완벽을 추구하는 와중의 불완전함은 좀체 의도할 수가 없는 것이기 때문이다(어쩌면 그것은 작가를 구성하는 세포들의 생존 의지가 반영된 행위일지도 모른다). 그런 요소가 작가 스스로도 예상치 못한 결과를 낸다. 그래서 창작이 재밌는 것이다.

나보다 잘난 사람을 훔쳐볼 수 있는 곳에 두는 것은 힘든 일이 아니라 행운이다. 나의 불완전함을 인식할 수 있고, 지금부터 무엇을 해야 할지 알려주는 이정표가 되니까.
진화는 멋진 것이다. 그 위대한 여정의 중간에 있는 모습은 무엇이든 아름답다.

슬럼프에 대하여

    학생들로부터 가장 많이 나오는 질문 중 또 한 가지는, '슬럼프를 어떻게 극복했느냐'다. 역시 결론부터 말하자면 '슬럼프는 극복해야 할 병이 아니라 그려야 할 모델'이라는 것이다.

    미국의 심리학자 폴 피츠와 마이클 포스너에 의하면, 어떤 일을 반복하다 보면 세 가지 단계를 거쳐 익숙해진다고 한다.

1. 인지 단계
2. 연합 단계
3. 자동화 단계

    컴퓨터 자판을 처음 치던 경험을 떠올려보면 조금 쉬울 것이다. 처음에는 손가락과 자판, 화면을 번갈아보며 더듬더듬 한 글자씩 치다가(인지 단계), 어느 정도 익숙해지면 감각과 기억을 교차시키며 서서히 자판으로부터 눈을 떼고(연합 단계), 결국 어느 시점에는 자판을 의식하지 않고도 원하는 글을 칠 수 있게 된다(자동화 단계). 그런데 이 마지막 세 번째 단계에 이르게 되면 아무리 애를 써도 자판을 치는 속도가 더 빨라지지 않는 시기가 온다. 흔히 이 단계를 슬럼프라고 오해하는데, 스포츠 의학에서는 '오케이 플래토(OK plateau)'라고 정의한다. 이는 등산을 할 때 고원에 이르러 빠지게 되는 만족의 늪과 같다. 그리고 보통 어떤 분야에 매진한 지 얼마 안 되어 어느 정도 숙달됐다고 생각하는 이들이 많이 빠진다.

이를 극복하는 방법은 간단하다. 자신이 잘하는 부분이 아닌, 약점에 집중하는 것이다. 물론 말은 쉽다. 자신의 약점을 극복하기에 앞서 똑바로 바라보는 것 자체가 생각보다 굉장히 어렵고 부담스러운 일이기 때문이다. 그러나 이 단계를 스스로 인지했다는 것은 풀어야 할 문제를 맞닥뜨린 만큼 다행스러운 일이다. 문제가 쉽지 않다고 해도, 극복에 대한 답이 존재하기 때문이다.

그런데, '슬럼프'는 문제가 좀 다르다. 뾰족한 답이 없다. 오케이 플래토가 비교적 연습의 초기에 나타나는 정체 현상이라면, 슬럼프는 보통 후기에 나타난다. 어느 정도 특정 분야의 일가를 이룬 숙련가에게 있어 기술이 후퇴하거나, 심각한 우울증 등에 빠지게 하는 원인이다. 본래 슬럼프는 시멘트나 모래를 쌓을 때 스스로의 무게를 이기지 못하고 무너지거나 가라앉는 시점을 일컫는다. 다시 말해 오케이 플래토가 약점의 외면에 의해 일어난다면, 슬럼프는 반대로 한 가지 요인에 대한 지나친 집중이 원인이 될 수 있다는 얘기다. 어떤 일을 오랜 기간 너무 열심히 반복을 하다 보면 순간 일 전체에 대한 균형을 잃거나 당최 근본적 회의가 거둬지지 않는 때가 있는데, 이때가 슬럼프의 시작이다. 경험상 약 10여 년 이상

경력가들에게 종종 나타나는 현상이다.

이는 해결 방법이 마땅치 않다. 잠깐 일을 놓고 다른 일로 환기를 하거나 무작정 꾹 참고 견디는 수밖에 없다고들 한다. 한동안 그런 줄 알았다. 의문이 든 것은 약 서른 중반 찾아온 슬럼프로 3년 여의 시간을 방황하고 나서였다. '정말 그럴까? 그냥 지나가기만을 바라면 될까?'

오케이 플래토건 슬럼프건, 어떤 일에 대해 충분히 숙련됐다는 반증이기 때문에 '이 일이 과연 나에게 맞는가' 따위의 고민을 할 필요는 없다. 다만 현재 어떤 시기를 지나치는지를 곰곰이 생각해볼 필요는 있다.

수많은 정체를 겪은 작가들의 경우, 보통 어떤 작업이 숙련되는 과정을 '계단식'으로 많이 비유한다. 아래의 그래프를 보자(주의할 것은, 이것은 전

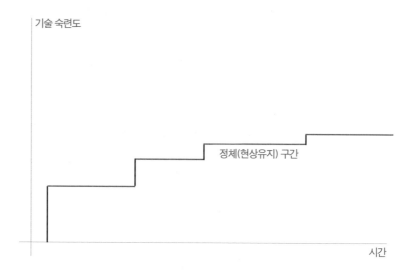

문적 통계라기보다는 작가들의 경험에 의거한 구전으로 전해지는 모습이라는 것이다).

그래프를 보면 기술이 수직 상승하는 폭에 반비례해 필요한 시간이 점점 늘어나는데, 이 정체되는 구간을 '현상유지 구간'이라고 부른다. 계속 작업과 연습을 반복하는데도 아무런 발전이 없이 계속 유지되고 있다면 이 구간의 어디쯤 머무르고 있을 가능성이 큰 것이다. 단, 강조하고 싶은 것은 작업과 연습을 '반복'하고 있다는 전제다. 마치 물을 끓일 때에 끓는 점인 100도에 이르기까지 물은 끓어오르지 않는 것처럼, 꾸준히 열을 가하고 있어야 한다는 얘기다. 숙련도가 오를수록 끓는점에 도달하는 시간은 점점 길어진다.

그 끓는점을 한 번이라도 경험해본 사람은, 그 순간을 절대 잊지 못한다. '한 번만 더, 한 번만 더'를 부르짖게 된다. 주변의 경험을 목격했고, 필자도 겪어본 바다.

그런데 이처럼 물이 끓는 비유를 하면, 딴지를 거는 이들이 있다. 99도에서 100도에 이르기 위해서는 그 이전보다 약 5배나 많은 열량(539kcal)이 필요하다는 물리법칙이 있기 때문이라고 한다. 그래서 빨리 포기하는 게 오히려 이득이라는 자조적인 얘기인데, 이 얘기를 들은 순간 무릎을 쳤다. 슬럼프가 떠올랐던 것이다. 그렇구나, 사실 그래프는 대충 이런 모양이었던 거야!

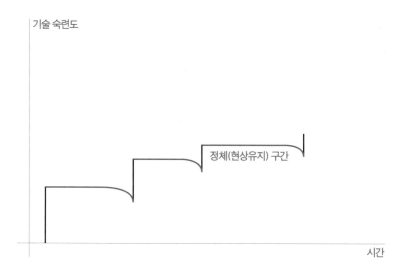

시간이 지남에 따라 현상유지조차 되지 않고 어느 시점 급격히 뭔가가 심하게 부족하고 모자라다고 느낀다면, 수직 상승을 코앞에 두고 있는 것일지도 모른다. 끓는점을 넘어서려면 이전보다 최소 5배는 더 많은 작업과 반복이 필요했던 것이다. 그렇다면 수련의 초반에 겪는 정체인 플래토건 후반에 겪는 후퇴인 슬럼프건 다 설명이 된다. 어쨌든 이렇게 보면 확실해지는 것은, 슬럼프는 끊임없이 전진하는 이들에게만 주어지는 일종의 진급 시험이라는 것이다. 슬럼프를 맞았을 때 오히려 그 상태를 끊임없이 묘사하고 그려야 할 필요가 있는 것은 그래서이다.

조금 다른 소리지만, '스트레스Stress'라는 정신의학적 용어가 1900년대 초반 처음 공식화되었을 때 스트레스 질환이 폭발적으로 증가했다는 얘기를 들은 적이 있다. 물론 이미 오래전부터 질환은 존재했으되 용어가 없었을 뿐일 수도 있지만, 요즘 느낌상으로는 그 무게가 가벼워졌다는 생각은 많이 든다. 슬럼프도 같은 느낌이다. 그러나 슬럼프는 '질환'이 아니다.

슬럼프를 호소하는 작가들이나 지망생들이 단지 유용한 핑곗거리를 찾아냈다고 생각하진 않는다. 그러나 단어가 가진 의미에 파묻혀서는 곤란하다. 작가의 인생에 들이닥친 슬럼프라는 흥미로운 손님을 커피 한 잔과 함께 찬찬히 들여다보자. 남이 아닌 나를 위해서, 지금부터 그려야 하니까 말이다.

그림쟁이들 | ibis paint | 2020

보컬 그리기 | ibis paint | 2019

닫는
썰

5

"저는, 한때 유명 록밴드의 멤버였습니다."

1.

항상 교실 구석에서 조용히 그림만 그리던 제가 'METALLICA'라는 밴드를 알게 된 건 고1쯤 무렵이었습니다. 아마 메탈리카 희대의 명반이자 셀프 타이틀인 5집 'Metallica'가 발매된 지 얼마 안 됐을 때였을 텐데, 우리 반의 메탈 덕후 한 녀석이 쉬는 시간에 제 귀에 꽂아준 'Enter Sandman'이라는 곡을 듣고 전율에 휩싸였던 기억이 납니다. 왜? 시끄러워서요. 메탈리카를 영접한 역사적인 순간의 제 첫 마디는

"뜨아악! 아주 죽는다 너!"

Metallica 5집 앨범 'Metallica'(1991) 재킷. 실제 앨범은 아예 그림이 거의 보이지도 않을 정도라 'Black album'이라는 별명이 붙어 있었죠. 그야말로 메탈리카 정도나 되니까 시도할 수 있는 재킷이었습니다. 이 앨범 재킷 디자인은 강풀의 『아파트』 표지 일러스트를 그릴 때 큰 영감을 주었습니다.

친구 딴에는 강렬하게 느껴보랍시고 볼륨을 최대로 높여주는 바람에, 진짜 고막이 찢어지는 줄 알았어요. 이어폰을 벗어던지고, 소심한 욕을 한 바가지 뱉으며 몸서리를 쳤습니다. 이런 건 역시 듣는 애들이 듣는 거야… 하지만 그 간단하고 독특한 멜로디가 한동안 뇌리 속에 남았습니다. 참고로 – 한참 나중에 알게 된 사실이지만 – 제가 다니던 학교는 무려 '시나위'의 신대철과 임재범을 배출한 소위 록의 명문이었습니다. 만약 그걸 그때 알고 있었다고 해도, 그게 뭔 상관? 당시 이문세의 별밤과 듀스, 노이즈에게 빠져 있던 제게 Rock이란, 그야말로 존재만 대충 알고 있는 알타미라 동굴벽화 같은 개념이었죠. '그런 것'과 저는 연결고리가 요만큼도 없다고 생각했습니다. 적어도 그때까지는요.

2.

2년 후, 겨우겨우 미대에 진학한 저는 OT 때 저와 단짝이 된 예고 출신의 친구 녀석이 학교에 들고 온 요상하게 생긴 까만 기타가 신기했습니다.

귤 상자만 한 까만 앰프에 이펙터도 없이 생으로 연결한 기타가 내는 사운드를 듣고 깜짝 놀랐죠. 기타라고는 세고비아로 C코드와 Am코드만 겨우 짚어본 제가, 얼핏 라디오나 TV에서만 듣던 그 일렉기타 소리를 직접 들으니 얼마나 신기했는지 모릅니다.

들기로, 메탈리카의 노래 부르는 아저씨가 쓰는 그 기타의 짝퉁이라더군요. 어? 메탈리카! 나 알아! 그 시끄러운 놈들!

요상하게 생긴 까만 기타 Gibson flying V.

메탈리카 보컬. 딸래미 학예회에서 기타를 친 그 아저씨.

친구가 빵 터지더군요. "그럼 이것도 알겠네." 친구가 친 리프는 고딩
때 듣고 때려쳤던, 바로 'Enter Sandman'이었습니다. 일렉기타를 치는
모든 이들이 모두 다 꼭 한 번씩은 쳐본다는 그 도입부. 실제로 손가락이
내는 음을 들으니 마치 연예인을 만난 기분이었달까요. 한참 넋을 놓고
그 친구의 연주를 듣던 저는 그 길로 친구와 함께 음반 가게에 가서 '메
탈리카'의 1집 테이프를 샀습니다. 가사도 모르고 제목도 모르면서, 그냥
워크맨에 무작정 넣고 다녔던 95년이었습니다.

James Alan Hetfield (『석가의 페인터』 예시 수록작) | Painter6.1 | 2004

3.

제 친구는 얼마 지나지 않아 마음이 맞는 다른 동기, 선배들과 함께 'RWND(Rock Will Never Die)'라는 이름의 Rock 동아리를 만들었고, 저는 '밴드 만화를 그리고 싶다'는 핑계를 대고 매일같이 그 동아리방에서 살기 시작했습니다. 근데 그렇게 몇 달을 있다 보니 가사도 대충 외웠겠다, 슬그머니 언감생심 저 밴드의 합주에 맞춰서 노래를 부르고 싶은 거예요.

주변 사람들은 잘 모르는 사실이지만, 사실 저는 노래를 조금 부르는 편이었습니다. 가창력이나 음색이 좋다고 할 수는 없어도 나름 음감과 박자감각은 조금 있어서 노래방에 가면 곧잘 가수 흉내를 내곤 했죠. 근데 형들 하는 얘기가, 제 목소리가 얇아서 힘들겠다더군요.

…

상심한 저는 다음날인가, 미대 학과 건물 4층에서 술을 퍼마시고 오바이트를 했습니다. 근데 오바이트 소리가 너무 우렁차서(?) 1층까지 울려퍼진 모양이에요.

저도 모르게 '그로울링' 창법을 한 거죠(서태지와 아이들의 '교실이데아'에서 안흥찬 파트의 '왜~ ~ ~ ~'를 떠올리시면 됩니다).

5. 닫는썰

때마침 1층에 있던 동아리 형들이 깜짝 놀랐다더군요. 다음날, 저는 수습 보컬이 되었습니다(맹세코, 실화입니다. 컬투쇼에 보내려다가 말았음).

수습 보컬이던 저는, 학교 축제 공연날 무대 울렁증 때문에 도망간 보컬 형을 대신해, 그놈의 'Enter Sandman' 1절 가사를 두 번 부르는(1절밖에 몰랐거든요) 땜빵 데뷔무대를 치른 후 동아리 내 막내 밴드 '환'의 정식 보컬이 되었습니다. 네, 실화입니다.

밴드 '환' 초기 멤버들(왼쪽 위 보컬이 필자) | Painter9 | 2008

4.

얌전한 송아지가 부뚜막에 젤 먼저 올라간다고(?), 왕소심한 사람일수록 한 번 각성하면 뒤집어지는 법이죠. 딴에 정식 보컬이 되고 나니 새로운 세계가 열리더군요. 알아듣기 힘든 영문 가사를 한글로 적어 외우는 고역도 어느 정도 익숙해지니까 묘한 도전심리가 생기더라고요. 메탈리카? 약해. 메가데쓰? 촌스뤄. 좀 더 세고, 빠르고, 어려운 거! 레이지 어게인스트 더 머신이니 림프 비즈컷이니 하는, 소위 하드코어나 펑크, 랩메탈 등에 흥미를 갖기 시작합니다.

5. 닫는썰

저는 그닥 잘하는 보컬은 아니었습니다만 무대에서 미친 놈처럼 제법 잘 놀긴 했던 모양입니다.

듀스의 빠돌이를 자처하던 고딩 시절 혼자 집에서 자메이칸 랩과 춤을 열심히 따라했던 가닥이 꽤 쓸모가 있었죠.

지금 생각해보면 '어떻게 들려주느냐'가 아니라, '뭘 보여주느냐'가 중요했어요. 전 음악인이 아니니까요.

가뜩이나 그런데다가 그림도 그리는 입장이니, 음악도 음악이지만 밴드의 카리스마 넘치는 시각적 퍼포먼스나 비주얼도 중요한 관심사가 되었죠. 그림에 관심사가 드러나는 것은 아주 지당한 현상.

HELL HOUND / Painter6.1 / 2001

한 때, 각자 다른 사연의 주인공들로
구성된 록 밴드의 이야기를 만화로
만들고 싶다고 생각한 적이 있었다.

당시는
댄스고 록이고 뭐고
예쁘장한 미소년이나 미소녀로 구성된 그룹이
인기 있던 시기였는데,(지금도 크게 다를 건 없지만.)
그게 너무 식상했다.
그래서 내 상상의 주인공들은 다 악마같이 생긴 놈들로
라고 생각하고 있던 차에,

그러다 어느 날
'SLIP KNOT'이라는 밴드를 봤다.
뒤통수를 한 대 세게 얻어맞은 듯한 느낌이었다.
뭔가 가슴이 설레면서도 억울했다.

좀 어이없는 결론이지만,
세상에는
나 같은 생각을 가진 사람이 정말 많구나
싶었다.

그리고 일단은 SLIP KNOT의 팬이 됐다.

게임 '다크스토커즈' 중 쟈벨(Capcom 20주년 헌정 일러스트 모음집) | Painter9 | 2010

빡센 군대도 다녀왔겠다, 허세도 만땅이겠다, 밑도 끝도 없이 무조건 빠르고 자극적이고 센 게 그렇게 멋져 보이던 시기였습니다. 그리고 우리나라의 후진 환경에 대한 자조는 수순이었죠. 록과 메탈에 대한 조예라고는 얄팍했던 애송이의 눈에, 우리나라에는 이런 음악을 하는 밴드는 보이지 않았거든요.

꼬꼬마들에게 단맛이 나지 않는 것은 음식이 아닌 것처럼.

한마디로, '간지나는 밴드'가 없더라고요. 그때는, 그럴 때였습니다.

사실 마음이 가는 밴드가 아예 없는 건 아니었습니다. '마왕' 신해철의 N.EX.T도 좋아하긴 했지만 이들마저도 워낙 자극에 길들여져 있던 제 취향은 아니었습니다.

하지만, 신해철이라는 사람은 꼭 한번 만나고 싶었습니다. 다들 슬슬 피하던 '로봇 만화영화 주제가'를 이토록 진지하게 만들어버린 사람이었 거든요.

막연히, 언젠가 한번은 만나 술잔을 기울이면서 밤새도록 만화와 애니메이션 얘기를 떠들 수 있을 것만 같았습니다.

이후
21세기를 앞두고 N.EX.T가 해체되었을 때도,
언젠가는 만날 거라 생각했었습니다.
언젠가는…

6.

 '철권'과 '버추어파이터' 시리즈, 그리고 리듬게임 'PUMP'가 오락실을 점령하던 2000년대 초반, 또 다른 의미로 오락실을 점령한 희한한 노래가 있었습니다. 어느 오락실을 가도 이 가사가 쩌렁쩌렁댔죠.

 "웃기지 마라 제발 좀 가라 내 앞에서 제발, 없·어·져!!"

 처음엔 좀 똘끼 충만한 신인가수 노래인 줄 알았습니다. 근데 친구들과 이 곡에 맞춰 몇 번 펌프에서 선무당처럼 펄쩍대다 보니, 이게 꿈에도 나오는 후크송이 되더라고요. 정체도 모르고 허구헌날 한 구절만 흥얼대다가, 대체 뭔 노랜가 싶어 알아봤습니다.

 마왕 신해철을 제외한 'N.EX.T' 멤버들과 '패닉'에서 솔로로 전향한 김진표 씨가 만나 결성한 '노바소닉'의 곡 '또 다른 진심'(1999)이었죠. 그 길로, CD를 삽니다. 어, 왠지는 모르지만 이 거친 리프와 마치 블랙모터를 단 듯한 리듬 그리고 보컬, 가슴이 뜁니다.

1999년 노바소닉. 왼쪽부터 베이스 김영석, 보컬 김진표, 드럼 이수용, 기타 김세황. 실제로 당시 다른 연예인들이 말을 걸거나 인사를 할 엄두도 못 냈었다고….

게다가 이분들, 가만 보니까 비주얼이 깡패(원초적인 의미입니다)님들이 에요. 와!! 이거거덩! 내가 찾던 그 밴드야!

왜 그런 거 있잖아요. 소개팅에서 상대방 외모가 예쁘면 지랄맞은 성격 도 발랄해 보이는 거.

근데 이 밴드는 음악도 취향이겠다. 새로운 우상을 찾아헤매던 제게 한

줄기 빛이나 다름없었습니다. 그 시기는 어디든 넘치는 애정을 쏟을 곳이 필요하던, 뜨거운 20대 중반이었으니까요.

맨날 현실에는 없는 미소녀만 그려대던 제게, 자연스레 구체적인 목표가 생기더군요.

"나는, 이 밴드의 앨범 재킷을 그리고 싶다."

그러나, 방법은 없었습니다. 실행 방법이 없는 목표는 망상에 가깝죠.

7.

———

　2000년에 미대를 자퇴하고 다른 예술학교에 입학한 저는, 우등생도 아닌 주제에 총학생회에 들어갑니다. 이유는 한 가지였죠. 공짜로 술을 먹을 수 있었거든요. 대신에, 학보에 들어가는 만평부터 시작해 현수막 디자인, OT 자료, 학교 홍보 유인물 등 별별 그림을 도맡아 작업해야 했습니다. 혼자만의 그림이 아니라 실제 시선을 끌어야 하는, 실용적인 그림을 그리기 시작한 거죠.

　그중에서도 '포스터'는 프로 일러스트레이터를 지망하는 지망생이라면 꼭 한 번쯤은 그려보고 싶은 장르입니다. 밤새워 고민해 그린 그림이 인쇄소에서 수백 장씩 찍혀서 거리 곳곳에 붙어 있는 모습을 보는 맛을 일단 한 번 보고 나면, 돈을 받기는커녕 돈을 들여서라도 그리고 싶어지거든요(물론, 열정페이가 일상이었던 총각 때 얘기입니다).

'북아현동 록 페스티벌' 포스터 작업(텍스트 삭제 버전) | painter6 | 2002

秋 樂

한국예술종합학교 가을축제 "추락"

2002.9.26(목)~28(토)

한국예술종합학교 석관동 캠퍼스

행사 첫날 - 동아리 예술제

두째날 - 秋 Rock 페스티바르

막날 - 가요제, 레이지 본 축하공연

주최 - 한국예술종합학교

총학생회

한국예술종합학교 가을축제 '추락' 포스터 작업 | painter6.1 | 2002

그림을 인쇄해 학교 주변에 붙이고 얼마 지나지 않아, 총학생회에서 투덜대며 연락이 오더군요.

'포스터를 붙이면 자꾸 없어진다'는 거였습니다. 첨에는 환경미화원이나 구청직원들이 없애는 건 줄 알았는데, 알고 보니 학생들이 뜯어가는 거였죠.

축제를 홍보해야 하는 학생회 입장에서는 난감한 일이었겠지만, 저는 내심 기분이 째졌습니다. 하지만 한편으로는 묘한 의문이 들더군요.

'이전의 그림들은 반응이 그저 그랬는데, 왜 이 그림들만 좋아하지?'

그때는 몰랐는데, 지금은 알 것 같습니다.

저 그림들 안에는 공통적으로, '제가 좋아하는 것'이 들어 있었기 때문입니다. 본조비, 건즈 앤 로지스, 오프스프링 등 제가 좋아하는 신나는 록 음악을 실제로 들으면서, 그 음악들의 이미지를 상상하면서 그렸거든요.

그 음악의 울림이, 저라는 바늘을 통해 사각 평면의 레코드 판에 기록된 것이나 다름없었죠. 그게 무슨 의미인지 깨닫게 된 건, 한참 후의 일입니다.

8

2002년, 저는 만화축제에 개인 작품을 전시했다가, 얼결에 만화가 데뷔를 합니다. 그리고 1세대 웹툰작가들과 어울려 다니며 으스대느라 바빴죠. 하지만 이전까지 일러스트레이터 활동을 하다가 만화가 행세를 하니, 시선들이 꼭 곱지만은 않았습니다. 댄스 아이돌이 록으로 전향했을 때 정도의 파급은 아니지만, 그래도 가녀린 제게는 나름의 시련이었습니다. 그래서 어떤 식으로든 저를 '만화가'로 인식시킬 만한 전환이 필요했죠.

2004 러브콘서툰 포스터. 만화가 데뷔를 했다고 해도, 한동안 제 대표작은 '만화'가 아니었습니다.

일주일 전

야!
그만! 그만!

하아...
야, 신수경.

너 지금 장난해?
그게 그렇게
어려워?

너 혼자 아까
그 부분 다시
해봐.

내가~
꿈-꾸는~
아-름다운...

뻘

뻘

에?
이럴 땐
또 하네?

아휴...
겨우
코드 네 개
돌리면서
노래하는 게
그렇게
헷갈리나?

야, 너 진짜 어쩌려고 그래~!
이제 대학가요제 보름 남았다
보름!

어유, 이건 뭐
어떻게 된게...

1개월 차 연습보다
못하나? 진짜.

질끈

'반추'라는 제목은 듀스의 3집 중 가장 좋아하는 곡 제목이기도 합니다.

단편만화 '반추' 중 일부(언더만화지 '파마헤드' 수록작) | 2004

그래서, 한동안은 이 악물고 돈 안 되는 만화 작업에만 몰두했죠.

그렇게 2, 3년 정도를 보내니 충분치는 않았지만, 그래도 저는 제법 만화가 대접을 받기 시작했습니다. 점차 '일러스트레이션' 작업보다는 '만화' 작업 의뢰가 더 많이 들어오기 시작했거든요.

그렇게 정신없이 만화를 그리느라 밴드 활동은 잠시 잊고 지내던 그즈음, 듀스의 김성재가 죽었다는 소식만큼이나 충격적인 소식을 들었습니다.

"보컬 김진표, 노바소닉 탈퇴."

9.

보컬의 탈퇴가 밴드의 해체를 뜻하는 건 아니지만, 사실상 해체나 다름 없었죠. 이후 노바소닉은 이현섭이라는 새 보컬을 영입하지만, 어느 순간 사라졌습니다.

밴드도 결국 사람의 일이라, 멤버가 바뀌거나 해체를 하거나 하는 건 충분히 흔한 일이고 별로 새삼스럽지도 않지만, 제게 노바소닉의 (사실상) 해체는 목표를 지워버린 사건이었습니다. 이렇다 할 공식발표도 없이 소리 소문없이 사라져서, 더 허탈했는지도 모르겠어요.

마음 둘 밴드가 없어진 저는 SF만화가를 꿈꾸기 시작합니다. 아키라나 공각기동대 같은 작품을 만들겠답시고 까불던 시절이었죠. 분명 SF도 좋아하긴 했지만, 그게 '공상과학'이 아니라 '사회인문학'의 영역에 더 가깝다는 걸 전혀 모르고 있었습니다. 좌절에 좌절을 거듭하며 술로 매일을 지새던 어느 날, 갓 제대한 쫄병 한 놈에게 연락이 오더군요.

"필승! 해뱀, 저 기억하십니까? 병장 전홍준입니다. 약속 지키셔야지 말입니다."

뭔 소린가 했습니다. 이 친구, 제가 상병 때 같은 건물을 쓰던, 사회에서 밴드를 하다가 입대한 군악대 쫄병이었습니다. '밴드' 하는 놈을 만난 게 반가워서 함께 경계근무를 설 때마다 친구처럼 수다를 떨었었는데, 겁도 없이 이 친구가 '나중에 사회 나가면 앨범 재킷을 그려줄 수 있느냐'고 묻길래 그러마고 약속을 했던 기억이 났죠. 그리고 진짜로 연락하는 놈은 없으니까요. 근데 연락이 온 겁니다. 무서운 놈.

약속을 지키려고 이 친구가 결성했다는 밴드 음악을 들어보니, 특히 '빈 방'이란 타이틀이 당시 제 심정과 너무 잘 맞더라고요. 그래서 한 큐에 그려 보냈습니다. 좋아하더군요. 그럼요. 누가 그린 건데.

리페어샵 1집 재킷 작업 | 2004

이 앨범은 정식 앨범이 아닌, 가내 수공업으로 만든 일종의 데모 앨범이었습니다. 사정을 뻔히 아니 돈을 받지 않는 대신, 조건을 하나 걸었죠.

"너희가 정식으로 활동을 하게 되면, 내 이름을 언급해줘."

라는 요구였습니다. 거절할 이유가 없죠. 그리고 몇 주 후, 그것이 실제로 일어났습니다.

당시 즐겨듣던 마왕 신해철의 〈고스트네이션〉이라는 라디오 프로에 이 친구들이 출연해서는 덜덜 떨면서 굳이 제 이름을 언급한 겁니다. 마왕은 "이게 그림이라고?"라고 되물었고, 이 친구들은 '이 재킷 그리신 분도 아마추어 밴드를 하세요'라고 알렸죠. 그리고 이 친구들이 약속을 지킨 그날 밤, 저는 N포털 실시간 검색어 2위에 올랐습니다.

10.

　　한참 홍대와 신촌의 인디, 언더 밴드의 물이 오르던 2005년, 역대 최악의 방송사고 2위에 오른 ㅋ밴드 성기 노출 사고의 파장은 상상을 초월했습니다. 일단은, 저희가 공연할 수 있는 공연장 구하기가 별 따기가 되어 버렸죠. 록과 펑크, 메탈은 고사하고 '밴드'의 이미지가 엉망이 된 것은 말할 것도 없고요.

　　하지만 꼭 그 사건 핑계를 대지 않더라도 저와 친구들이 대학을 졸업하고 본격적으로 일선에 뛰어든 서른 즈음, 밴드 활동은 자연히 뜸해질 타이밍이었습니다. 이 정도 해온 것도 용하다고 생각했죠. 그렇게 좋은 추억이 되나 싶었습니다.

　　그러나,
　　'추억' 운운하기에 저희는 너무 어렸습니다.

　　몇 년 지나지 않아 한 술자리에서 한 놈이 '하고 싶다!'고 외쳤고, 누군가 '그럼 하자!'라고 외친 걸 시작으로, 몇 년 만에 다시 작당을 하게 됩니다.

그런데, 우리만 하고 싶었던 게 아니었던 것 같습니다. 각자 흩어져 있던 멤버들 주변에 같은 부류들이 꽤 있더군요. 결국 우리는 'PRISM'이라는 이름의 '직장인 밴드 연합'을 만들고 신촌의 한 공연장을 빌려 공연을 하기로 합니다.

그런데 공연을 하려면 뭐가 있어야 한다? 포스터죠. 대학교 시절에 그랬던 것처럼, 저는 아주 자연스럽게 포스터를 맡았습니다. 그림쟁이니까요. 아무리 아마추어들이라고는 해도, 포스터만큼은 프로 뺨치게 정말 멋지게 뽑고 싶었어요. 그래서 며칠을 들여 직접 그리고, 사비를 들여 유광 코팅 인쇄를 하고, 직접 발품을 팔며 홍대 신촌 주변에 붙였죠.

신촌 합주실 가는 멤버들 | painter10 | 2008

Prism 공연 포스터 | painter10 | 2008

예상대로, 역시 포스터는 붙이는 족족 없어졌습니다. 그래서 홍보 효과가 덜했는지는 모르지만, 그래도 여느 아마추어들의 무대가 그렇듯 저희의 공연은 꽤 뜨거웠습니다.

11.

공연은 끝나도 포스터는 남았습니다. 엄청 공들인 만큼, 솔직히 공연 때만 쓰고 묻어두긴 아깝더군요. 그래서 엽서 사이즈로 출력해 들고 다니며 명함으로 써먹었습니다. 막 여기저기 뿌리고 다녔죠.

한번은, 지인들과 술을 먹는데, 뽀얗고 곱상하게 생긴 어린 청년 하나가 왔더군요. 첨 보는 친구니까 명함을 줬더니 직접 그린 거냐며 놀랍니다. 훗. 그렇겠지. 그런데 이 친구가 그림 속의 '잭 와일드'라는 기타를 알아요. 어라, 뭐하시는 분? 물어보니 조심스레 밴드에서 기타를 친대요. 그렇군요. 밴드 이름을 물어봐도 될까요?

"아실지 모르겠는데… 노바소닉이라고…"

뭐…?! 띵.

처음엔 뭐 카피 밴드나 그런 건 줄 알았습니다. 근데 그 노바소닉이었어요. 그 노바소닉! '또 다른 진심'의 그 노바소닉. 듣자 하니 마왕이 다시 넥스트를 재정비하면서 김세황 씨는 넥스트로 돌아가고, 김진표 형은 몸이 아파서 못 하고, 보컬과 기타만 다시 영입해 '노바소닉'으로 시동을

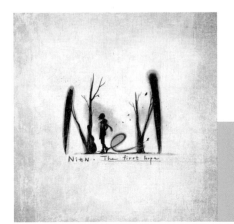

노바소닉의 기타를 맡고 있는 'Nien' 군의 솔로 앨범. 작곡, 편곡, 연주, 보컬 모두를 소화하는 능력자.

건다는 얘기였습니다. 제 평생 돈을 소름은 그날 다 돋았던 것 같습니다.

며칠 후에 니엔으로부터 전화가 왔습니다. "형, 저희 영석이 형이 한번 뵙고 싶다는데요?"

제게 받은 명함을 합주실 책상에 놔뒀는데, 그걸 영석이 형이 보셨대요. '이거 그린 친구 누구냐'며.

노바소닉의 리더가 그림쟁이인 저를 부르는 이유가 뭐였을까요? 그렇습니다. 꿈이 이루어지려는 순간이었습니다.

12.

신사동의 한 작은 곱창집에서, 저는 노바소닉의 리더 김영석 형님을 만났습니다. 음악인과 그림쟁이의 첫 만남은 언제나 어색하기 그지없지만, '저도 아마추어 밴드를 했다'고 얘기하는 순간 태도가 돌변하시더군요. "어우 야! 진작 얘기하지! 음악인끼리니까 말 놓을게!"

언제 어색했느냐는 듯 술잔을 나누며 제 이야기와, 그렇고 그런 그동안의 근황에 대해 얘기를 들었습니다. 그러나 이 모든 것은 본론을 위한 밑 장깔기. 얼굴이 붉어질 즈음 예상대로 노바소닉의 재킷 작업과, 작업료에 대한 얘기가 나왔죠.

그 순간을 기다린 저는, 듣도 보도 못한 딜을 시도합니다. '돈 대신 다른 걸 달라'고요. 형님이 눈을 동그랗게 뜨고 '뭐?'라고 물어보시더군요.

"저… 노바소닉 멤버 시켜주세요."

형님이 빵 터지셨습니다. 얘기나 들어보자, 무슨 포지션을 원하냐? 보컬? 기타? 드럼?

"그냥 멤버요."

한참을 곰곰이 생각하던 형이 고개를 끄덕이시더군요. 어떤 일을 하고 그에 합당한 대가를 받는 것은 극히 당연한 일이지만, 그 대가가 꼭 '돈'이어야만 하는 건 아닙니다. 이 형은, 제가 원하는 걸 아셨던 겁니다. '멤버'는 밴드의 '팬'이 아니니까요. 멤버는 밴드가 합주할 때 무조건 합주실에, 공연할 때 무조건 공연장에, 뒤풀이할 때는 무조건 뒤풀이 장소에 함께 있어야 하니까요. 멤버가 재킷 작업을 하면 따로 작업료를 주지는 않지 않습니까. "그래 좋다, 너 오늘부터 우리 팀 하자."

2009년 12월 18일에, 저는 록밴드 노바소닉의 멤버가 되었습니다.

노바소닉 5집 앨범 ˊMetamorphosisˋ 변태(그 변태 말고!) 재킷 작업 | Painter10 | 2010

13.

이후 저는 정말 '멤버'에 걸맞는 제 역할을 하기 시작했습니다. 노바소
닉의 앨범 재킷 작업은 물론 팬 카페의 디자인 스태프를 자청해 배너, 공
연 포스터, 티셔츠 디자인, 웹 홍보용 유인물과 게시물을 만드느라 정신
없는 나날을 보냈죠. 하나도 힘들지 않았습니다. 마치 오랜 짝사랑이 이
루어진 모태솔로의 심정이었으니까요.

노바소닉 배너 작업 │ painter10 │ 2010

노바소닉 공연 포스터 | painter10 | 2010

"METAMORPHOSIS"

Novasonic 10th Anniversary Concert /sangsangmadang /2010.3.6 saturday 18:50

http://cafe.naver.com/novasonic

보컬 '이현섭' 군은 자라서 마왕과 함께 N.EX.T의 트윈 보컬이 됩니다.

노바소닉 10주년 공연 포스터 │ painter10 │ 2010

밴드가 모이는 자리에 간혹 제가 빠지기라도 하면, 노바소닉 멤버들은 제게 전화해 저를 찾았습니다. 덕분에 저는 제 신분(?)으로는 만나기 힘든 신성우, 김성면 같은 보컬들을 사석에서 뵐 수 있었죠. 그중에 '마왕'이 없었다는 것은 정말 아쉬운 일입니다만… 단지 시간문제일 뿐이라고 생각했었는데, 세상은 참으로 무심하더군요.

어쨌든 제게 가장 반짝였던 1년 동안 – 마치 매미처럼 – 노바소닉은 짧은 활동을 접고, 다시 긴 잠정 휴식기에 들어갑니다.

몇 년 후 갑작스레 마왕의 유고가 전해지고,

2014년 12월, 노바소닉 멤버들은 다시 'N.EX.T'의 이름 아래 모여 감동적인 공연을 마쳤습니다.

저도 함께했냐고요? 그럼요. 멤버인데요.

하지만 멀리서 바라보고 돌아왔습니다. 왜 그랬는지는 저도 잘 모르겠어요.
하지만 그래야만 할 것 같았습니다.

5. 닫는썰

한때나마 노바소닉의 멤버를 누렸던 저는, 다시 제자리로 돌아왔습니다. 느낀 바가 많아 정말 본격적으로, 내가 잘할 수 있는 기술을 이용해 정말 좋아하는 것들을 그리기로 작정을 했죠. 비단 그것이 돈을 많이 벌 수 있는 가장 효율적인 방법이라서가 아니라, 각자 자신의 앞일이 급급한 상황에서 누구에게도 바라지 않고 내 스스로 만족과 위안을 받을 수 있는 유일한 일이었기 때문입니다.

노바소닉을 기점으로, 저는 제가 좋아하는 음악이나 영상과 관련된 일들을 하기 시작했습니다. 덕분에 서태지나 이승철과 같은 대형 아티스트들과 함께 작업하기도 하고, 영화와 예능계 쪽으로도 조금씩 영역을 넓히고 있는 중입니다. 물론, 저 혼자 잘나서 그런 건 절대 아니죠.

저는 진심의 힘을 믿습니다. 너무 빨라서 잘 느끼지는 못하지만, 사람을 포함한 모든 생명체는 진동을 하거든요. 그리고 기분과 몸의 상태에 따라, 진동의 폭과 수는 달라집니다. 진동이 멈추면, 죽습니다. 그건 분명한 사실이죠.

진동은, 공기를 타고 전달됩니다. 그 증거로 우리는 소리를 들을 수 있고, 상대방의 기분을 느낄 수 있죠. 음악은 진동의 과정을 들려주지만, 그림은 진동의 결과를 보여줍니다. 우리가 고흐의 그림을 보고 감동하는 것은, 고흐의 그림이 사진 같아서가 아니죠. 고흐의 절박한 떨림이 붓을 타고 캔버스에 고스란히 전달된 흔적을, 부지불식간에 느끼기 때문일 겁니다. 분명 제 간절한 바람도 긴 시간 시공을 타고 여러 이들에게 닿았던 것이겠지요.

ROCK이 저항의 아이콘이 된 것도, 조용한 클래식에 배알이 꼴린 미친 놈들이 무작정 질러서 그런 것이라기보다, 체제와 사회의 부조리함에 치를 떨다 못해 외친 처절한 고함에서 비롯되었을 것이라 상상해봅니다. 다르게 자라왔지만 같은 생각을 가진 이들이 모여 밴드라는 공동체를 만들고, 한목소리를 내는 과정의 역사가 저를 '공명'시켰던 것은 아닐까 생각합니다.

지금까지의 썰은, 제가 가끔 특강 요청을 받거나 하면 말미에 풀었던 썰입니다. 그래서 청중에게 얘기하는 결론은 좀 뻔하지만 '나를 떨리게 하는 그 무엇'을 찾아야 한다는 거죠. 그 떨림이 분노에 의한 것이든 환희에 의한 것이든, 티끌만큼이라도 스스로를 이끄는 일에 망설이지 말고 기꺼이 끌려가면, 또 다른 세계가 펼쳐질 것이라는 얘깁니다.

진심을 전달한다는 관점에서는 예술이나 과학이나 정치나 다름없다고 생각합니다. 사람과 사회를 규명하기 위한 다른 방식의 시도들일 뿐이니까요.

고딩 시절 고막을 찢을 것만 같았던 메탈리카의 Enter Sandman, 그 잊지 못할 전율을, 불혹인 지금 다시 느끼기를 바라는 건 아직까지도 세상 물정 모르는, 순진한 바람일까요?

썰화집 그림꾼의 마감병

2021년 2월 23일 초판 1쇄 인쇄
2021년 3월 03일 초판 1쇄 발행

지은이 | 석정현
펴낸이 | 이종춘
펴낸곳 | BM (주)도서출판 성안당
주소 | 04032 서울시 마포구 양화로 127 첨단빌딩 3층(출판기획 R&D 센터)
        10881 경기도 파주시 문발로 112 파주 출판 문화도시(제작 및 물류)
전화 | 02) 3142-0036
        031) 950-6300
팩스 | 031) 955-0510
등록 | 1973. 2. 1. 제406-2005-000046호
출판사 홈페이지 | www.cyber.co.kr
ISBN | 978-89-315-8168-3 03810
정가 | 19,800원

이 책을 만든 사람들
책임 | 최옥현
진행 | 김해영
교정·교열 | 한산규
본문 디자인 | 이승욱 지노디자인
표지 디자인 | 석정현, 이승욱 지노디자인
홍보 | 김계향, 유미나
국제부 | 이선민, 조혜란, 김혜숙
마케팅 | 구본철, 차정욱, 나진호, 이동후, 강호묵
마케팅 지원 | 장상범, 박지연
제작 | 김유석

www.cyber.co.kr ★★★
성안당 Web 사이트

■ 도서 A/S 안내

성안당에서 발행하는 모든 도서는 저자와 출판사, 그리고 독자가 함께 만들어 나갑니다.
좋은 책을 펴내기 위해 많은 노력을 기울이고 있습니다. 혹시라도 내용상의 오류나 오탈자 등이 발견되면 "좋은 책은 나라의 보배"로서 우리 모두가 함께 만들어 간다는 마음으로 연락주시기 바랍니다. 수정 보완하여 더 나은 책이 되도록 최선을 다하겠습니다.
성안당은 늘 독자 여러분들의 소중한 의견을 기다리고 있습니다. 좋은 의견을 보내주시는 분께는 성안당 쇼핑몰의 포인트(3,000포인트)를 적립해 드립니다.
잘못 만들어진 책이나 부록 등이 파손된 경우에는 교환해 드립니다.